붉은 실 끝의 아이들

차례

등장인물

유리   예지몽을 꾼다. 다른 우주에서 온 '나'를 알아볼 수 있다.

베이   여러 평행우주에서 동시에 일어나는 일을 관측할 수 있다. '관측자'라
          고 한다.

륜   시간을 닷새까지 과거로 되돌릴 수 있다. '인과율자'라고 한다.

토토   중력을 거스를 수 있다. '역중력자'라고 한다. 타인에게 자신의 말을
          진심이라 믿게 만들 수 있다. '설득자'라고 한다.

렌   두 갈래 선택지에서 언제나 정답을 택할 수 있다. '판단자'라고 한다.

진   신체의 일부를 다른 모습으로 변형할 수 있다. '변형자'라고 한다.

시아   걱정하는 일은 일어나지 않는다. '대리자' 혹은 '대적자'라고 한다.

1

2층과 3층 사이

유리는 심호흡을 하고 계단을 올랐다. 신당역 근처의 이 건물에는 유리가 5년째 다니는 정신과가 2층에 위치해 있다. 유리가 받은 질병 판정은 우울증이었다. 그 외에 나타나는 간헐적 공황장애와 불안장애도 있었지만 결국은 우울증으로 수렴되었다. 열두 살 때보다 훨씬 전부터 증상은 나타났지만, '이대로는 안 되겠다'며 엄마가 유리를 정신과에 데려가 수많은 문항의 검사지를 풀게 하자 그렇게 진단이 나왔다. 결정적인 계기는 열두 살의 유리가 학교 옥상 자물쇠를 따고 올라가 뛰어내리려고 한 일이었다. 열두 살에게 무슨 스트레스가 있겠냐는 아빠도 검사상 유리의 우울증 지수를 보고 입을 다물었다.

한 달에 한 번, 약을 타러 유리는 병원에 갔다. 정신과 대기실은 운이 좋으면 조용했고 운이 나쁜 날은 시끄럽거나 사람들로 가득 차 답답했다. 의사 앞에서 한 달간 있었던 일에 대해 풀어놓고 나면 약이 늘거나 줄거나 현상 유지를 했다. 유리는 알고 있었다. 아마도 평생 이렇게 지내리라는 걸. 우울증의 원인을 아무에게도 말하지 못하는데, 우울증이 나을 리가 없었다.

유리는 예지몽을 꿨다.

예지몽을 꾸면 나쁜 일을 피해 가리라 생각하는 사람들도 있다. 그러나 유리는 지구 자체가 마음을 먹으면 한 사람의 노력 따위 손쉽게 무시해 버리는 것을 예지몽을 통해 배웠다. 친구가 스쿨존에서 달려오는 차에 치여 한 팔이 부러지는 꿈을 꾸고 난 뒤 유리는 친구가 교문을 나설 때마다 겁먹은 소동물처럼 주위를 살폈다. 하지만 그렇게 노력해도 소용없다는 듯, 유리의 친구는 과학부 학생이 잘못 조종한 드론에 시야가 가려 차를 피하지 못했다.

유리는 그 후에도 몇 가지 경험으로 알게 되었다. 일어날 일은 반드시 일어난다는 것. 다만 그것이 언제라는 것만이라도 알면 마음이 편할 것 같아, 예지몽을 꾸는 것 같으면 꿈속에서 미친 듯 달력이나 시계를 찾아 달렸다. 혹은 날씨, 계절, 그림자로 그 일이 언제 일어날지 유추하기도 했다. 그냥 다 무시해 버리면 편할 것을. 당할 일을 당할 것이라고 생각하면 편안해질 것을 유리는 도저히 포기할 수가 없었다.

횡단보도에서 같이 신호등을 기다리는 할머니가, 소리치며 킥보드를 타고 달리는 아이가, 좌판에서 수박을 고르는 아주머니와 아저씨가 맞게 될 비참한 미래를 꿈속에서 보고 살다 보면 우울증이 나을래야 나을 수가 없었다. 정신과 의사에게 예지몽을 꾼다고 말하고 싶지는 않았다. 예지몽을 꾼다는 사실을 다른 사람에게 들키고 싶지 않았다. 예지몽은 유리의 두 번째 초능력이었고, 더 어릴 때 첫 번째 초능력을 타인에게 말했을 때 돌아오던 반응은 유리가 예지몽을 숨기기에 충분한 계기가 되었다. 부모도, 선생님도, 친구들도 첫 번째 초능력을 들으면 유리를 이상하다는 눈으로 봤다.

정신과는 집에서 멀었지만 지하철로 다닐 만했다. 2층의 병원 문을 열고 나가다가 유리는 '아' 하는 소리에 고개를 들었다. 꿈에서 나온 적도 없는 일이었다. 소리의 방향을 쫓아가자 그곳에는 배시시 웃는 깡마른 여자아이가 있었다. 손에는 처방전을 들고 있었다. 안과에서 내려온 모양이었다. 같은 반이었고, 수업을 자주 빠지는 아이였다. 손시아. 유리는 아이의 이름도 기억해 냈다. 시아가 유리 앞에 서자 유리는 반사적으로 손을 뻗어 시아의 멱살을 잡았다. 그리고 떨리는 목소리로 말했다.

"나 여기서 봤다고 아무한테도 말하지 마."

손시아는 학교에 드문드문 나오는 만큼 친구도 적었지만,

오히려 친구를 만들기 위해 남의 비밀을 팔 수도 있다는 생각이 앞서 저지른 행동이었다. 시아는 눈을 조금 크게 뜨더니 고개를 끄덕였다. 그리고 놔 달라는 듯 자신의 멱살을 잡은 유리의 손등을 자신의 손으로 감쌌다. 차가운 손이었다. 유리는 뒷걸음질 치며 손을 놓고 계단을 빠르게 내려갔다. 하필 건물 입구 앞을 불법 주차한 오토바이가 막고 있었다. 별일 없을 거야. 스스로를 다독이며 유리가 오토바이를 돌아 나서려는 순간 시아의 목소리가 들렸다.

"초능력 때문에 힘들지?"

이건 또 무슨 얘기지. 저 애도 정신과에 갔어야 하는 게 아닐까. 시아는 마른 몸으로 오토바이와의 좁은 틈을 슥 빠져나가며 속삭였다.

"나도 그래."

아무 일도 없던 것처럼 약국으로 들어가는 시아의 뒷모습을 유리는 멍하니 보고만 있었다.

2

평행우주에서 온 사람들

유리의 첫 번째 초능력은 '나'를 알아보는 거였다. 과학계가 무엇이라 주장하든 유리는 수많은 평행우주가 있다는 사실을 숨 쉬는 방법을 터득하듯 자연스럽게 알았다. 그리고 평행우주에는 수많은 '나'가 존재한다는 것과 그 '나'가 전부 이 지구의 유리와 똑같은 모습은 아니라는 것도 알았다. 작은 변화들이 쌓이면 시간의 궤도를 돌며 지구는 다른 모습으로 변했다.

유리가 만나온 '나'들은 유리와 이름도 나이도 생김새도 달랐다. 사람의 모습이 아닐 때도 있었다. 그러나 다섯 살 유리의 발치에 살갑게 몸을 부비는 고양이가, 여덟 살 때 놀이터에서 모래성을 쌓아 준 언니가, 길 건너에서 손을 흔들어 주던 빨간 머리 외국인이 '나'라는 것은 본능적으로 알았다. 그리고 "길 건너에서 내가 손을 흔들어 줬어" "나랑 놀이터에서 모래성 쌓고 놀았어" "저 고양이 나야"라는 어린 유리의 말에 부모님도, 선생님도, 친구들도 '관심병' 혹은 순화해서 '이목을 끌고 싶은 것' '상상 친구가 아직 사라지지 않은 것'이라는 반응을 보였을 때 유리는 처음으로 집단에서 튕겨 나온 느낌을 받았다.

가족, 학교, 또래집단에 속하기 위해서는 그런 말을 하면 안 돼. 아무도 알려 주지 않았지만 유리는 알았다. 저기 나와 다른 '나'가 여기 '나'임을 아는 것처럼. 처음으로 다른 평행우주의 '나'와 대화를 나눴을 때 유리는 물었다. 왜 너는 나이고 나는 너인데 우리 둘은 다른 모습이야? 그리고 왜 그러면서도 우리는 우리가 우리라고 확신할 수 있는 거야? 유리보다 나이가 두 살쯤 많아 보이는 빨간 머리의 '나', '에오'는 유리의 눈에 자신의 손등을 보여 주었다. 손등이 잠시 바다처럼 새파랗고 투명해졌다가 인간의 피부로 되돌아왔다. 손등 안에 물고기와 산호와 모래사장이 있다고 해도 믿을 것 같은 푸른빛이었다. 에오는 목소리를 낮춰 조용히 말했다.

"너랑 똑같은 모습으로 오면 너무 눈에 띄잖아. 그건 어느 지구에 가도 그 지구의 '나'를 위한 룰이야. 반드시 다른 모습이어야 해. 원래 내 지구에서 내가 어떤 모습이었든. 하지만 적당히, 그 지구의 생물 모습을 취하긴 해야지. 평행우주설을 믿는 지구에서는 좀 더 개방적이지만, 이 지구는 평행우주설을 상식처럼 대하진 않잖아?"

"그럼 왜 나는 너를…… 아니, 나는 나를…… 아니…… 우리는 우리가 같다고 알 수 있어?"

에오는 살짝 고개를 갸웃하더니 이내 웃으며 말했다.

"이쪽 세계에 딱 좋은 비유가 있네. 붉은 실, 알아?"

"운명의 상대하고 이어져 있다는 그거?"

"뭐, 그렇지. 그런 붉은 실이 있는데 그걸 우리가 볼 수만 없을 뿐, 서로의 몸에 같은 게 매여 있다는 걸 아는 거야. 왜 '평행' 우주라고 하겠어. 수많은 우주 중에 닮은 우주들이 있으니 그렇게 부르는 거지. 너와 내가 서로를 알아본다는 건 초능력이야. 꽤 희귀한 능력이지."

에오와는 많은 이야기를 나누지 못했다. 극히 특수한 경우가 아니면 '나'와 '나'는 많은 이야기를 나눌 수 없다고 했다. 하지만 에오는 아주 중요한 것을 유리에게 알려 주었다.

"각각의 지구에는 수많은 초능력자가 있어. 그리고 어떤 초능력자들끼리는 '자신과 자신'보다도 더욱 강력하게 이어져 있어."

그래서 정신과에 다녀온 다음 날, 잠시 바깥에 나가서 돌아다니다가 누군가가 자신을 보고 씩 웃던 순간 유리는 에오를 떠올렸다. 그 웃음은 '나'의 웃음이었기에, 그냥 또 누군가 놀러 온 모양이라고 생각했다. 하지만 이번엔 웃음을 인식한 후

목뒤에 강한 통증이 느껴졌다. 두 다리가 그대로 허물어졌다. 현기증이 사라지고 눈을 뜬 순간, 유리는 이건 그냥 여행자가 자신을 보고 웃은 게 아니라는 사실을 직감적으로 느꼈다. 뭔가 이상한 일이 일어났다고.

각양각색의 눈동자가 자신을 호기심 어린 눈길로 내려다보고 있었다. 눈동자는 다섯 쌍이었고, 그들이 모두 유리 자신이었다. 그들이 호기심 가득한 눈동자로 유리를 내려다볼 수 있었던 것은 유리가 차가운 시멘트 바닥에 누워 있기 때문이었다. 어쨌거나 그들은 모두 유리 자신이었으므로, 유리는 타인과 낯선 공간에 있을 때처럼 두려움을 강하게 느끼지는 않았다. 유리는 차가워진 팔다리를 주무르고 주머니에서 스마트폰을 꺼냈다. 다섯은 각자 흩어져 벽을 두드려 보거나, 쭈그려 앉아 유리의 행동을 관찰했다. 스마트폰 지도를 보니 집 근처 상가 건물이었다. 아무래도 임대 쪽지가 나붙은 건물 어딘가에 유리를 데려온 것 같았다.

유리는 한숨을 폭 쉬었다. '나'가 주변에 한 명 있을 때는 재미있지만, 다섯이나 되니 번잡스러웠다. 게다가 다 다른 모습을 하고 있으니 더더욱. 천장에 매달린 전선을 건드리던 가장 키 큰 여자가 다가왔다. 본래의 모습을 예측할 수는 없었다. 여자가 손짓을 하자 나머지 넷도 따라왔다. 넷은 유리를 가운데 두고 둘러앉았다. 키 큰 여자가 히죽 웃었다.

"역시 나구나. 우릴 보고도 뭘 묻지도 않고 놀라지도 않네."

키가 큰 여자는 자신의 이름을 베이라고 했다. 이쪽 지구에서 누군가와 통성명할 일이 많지 않아 적당히 만든 이름이라고 했다. 베이는 이름을 말하고 잠시 뜸을 들였다. 유리가 멀거니 베이의 입 모양을 바라보고 있자 베이의 입이 어색하게 움직였다.

"발성기관이 좀 다르네. 우리는 너에게 부탁이 있어서 왔어. 모두 다른 지구에서."

"무슨 부탁?"

유리가 살고 있는 지구는, 지금까지 만난 '나'들에 따르면 그다지 진보되지 않은 환경이라고 했다. 다른 종과의 교감도, 초능력을 안정화해 환경 개선에 쓰려는 노력도 기울이지 않는다고. 심지어 자신에게 초능력이 있는지도 모르는 사람이 대부분이라니 정말 이상한 곳이라고 했다. 그런데 다섯이나 와서 자신에게 뭔가를 부탁하다니, 이건 정말 귀찮은 일일 거라고 유리는 생각했다. 원시 부족 가이드라도 해 달라는 걸까. 그러나 한 명 한 명 자기소개를 하기 시작하자 유리의 불안은 점점 더 깊어졌다.

"베이. 초능력은 '평행우주에서 공통으로 일어나는 일'을 감지하고 관측하는 거야. 짧게 말하자면 관측자."

파란 단발의 자그마한 사람이 일어섰다.

"나는 토토. 초능력은 역중력이야. 떨어지는 것을 역으로 들어 올릴 수 있어."

금발의 소년처럼 보이는 사람이 머리를 벅벅 긁으며 말했다.

"류. 시간을 되돌릴 수 있어. 혹시나 해서 말해 두는데, 너랑 우리가 만나는 건 처음이야. 명칭은 '인과율자'야."

두 손을 쥐었다 폈다 하던 사람이 일어섰다.

"진이야. 변형자."

마지막으로 가장 우울해 보이는 사람이 중얼거렸다.

"렌. 두 갈래 길에선 언제나 정답을 맞춰. '판단자'야. 능력은 별로 쓰고 싶지 않지만."

생김도, 가족관계도, 살아온 시간도, 성격도 틀림없이 다를 터인 여섯에게선 기묘하게 같은 냄새가 났다. 이게 언젠가 말했던 '붉은 실'일 거라고 유리는 짐작했다. 불안도 함께 붉게 물들어 갔다. 더러워진 유리창으로 햇빛이 들어와 유리의 발치를 비추었다. 유리는 우물거리며 말했다.

"내 초능력은…… 예지몽을 꾸는 거야."

"흠, 관측자의 하위 카테고리네."

토토가 끄덕거렸다. 유리가 무어라 하기도 전에 베이가 한

걸음 앞으로 나섰다.

"여기에서 '개'의 이름은 뭐야?"

베이가 물었다. 유리는 생각할 틈새도 없이 내뱉었다.

"손시아."

자신을 속이는 것은 매우 어렵다. 그것이 외부에 있는, 자신과 다르게 생긴 자신이라고 해도 마찬가지였다. 질문을 하면 반사적으로 답을 하게 되었다. 빠르게 튀어나온 답일수록 진실일 가능성이 높았다. 유리는 이상하다고 생각했다. 이 '나'들은 손시아가 뭔지도 모르는데, 사실 유리 자신도 손시아가 어떤 사람인지 모르면서 이렇게 쉽게 대답을 내주다니. 베이는 빙긋 웃었다.

"렌, 진실?"

"진실."

렌이 대답하자 베이가 손뼉을 짝 쳤다.

"오늘은 그걸로 됐어. 여기서 나가자."

베이는 뒤쪽에 나 있던 비상구를 열고 지상과 연결된 철제 계단 아래로 풀쩍 뛰어내렸다. 토토가 그 뒤를 따랐다. 베이가 유리를 향해 손을 뻗었다.

"안 다치니까 뛰어내려. 여기 역중력 능력자 있잖아."

유리는 저항 없이 뛰어내렸다. 몸은 아주 느리게 착지했다.

토토가 살짝 인상을 쓰고 위쪽을 향해 말했다.

"렌 다음에 류 내려와. 그리고 진 너는 혼자 내려와. 다치지 도 않잖아."

우울한 표정의 렌이 느리게 허공에서 떨어졌고 류은 익숙 하다는 듯 가볍게 착지했다. 진은 혀를 한 번 차더니 손가락 으로 철제 계단을 한 번 긁고 박찼다. 네발동물에 가까운 우 아한 몸놀림이었다. 류이 진을 쿡 찔렀다.

"네발 티 내지 말고 좀."

"이족보행은 익숙하지 않단 말야."

전혀 다른 세계의 이야기인 듯한 투덕거림을 듣고 있자니 유리는 살짝 어지러웠다. 베이가 지하철역이 어느 쪽인지 가 르쳐 주었다. 얘네는 어디서 먹고 자려는 건지 궁금했지만 유 리는 일단 집으로 가기로 했다. 내일은 월요일이다. 학교를 가야 했다. 손시아가 올지 안 올지는 모르겠지만, 분명 손시 아와 관련된 것으로 터무니없는 일이 생길 게 뻔했다. 지금 유리가 알고 있는 것은 학교에 가면 손시아를 만날 수 있을 지도 모른다는 가능성뿐이었다.

그 이름을 입에 담은 그 순간부터, 유리의 이름과 손시아 의 이름은 붉은 실로 강하게 묶여 버렸다. 아니, 어쩌면 처음 부터 엮여 있었는데 몰랐을 수도 있다. 어쨌든 유리의 입에서

세 글자가 튀어나온 그 순간, 저들에게서 나오던 기운은 결코
유쾌한 기운은 아니었다.

3

희미한 아이

"손시아 학교 왔어?"

유리는 등교하자마자 인사도 건성으로 하고 그것부터 물었다. 질문을 받은 친구는 한참 두리번거리더니 안 온 것 같다고 했다.

"걘 있어도 잘 안 보여서…… 왔는지 안 왔는지 사실 잘 모르겠다."

친구는 어깨를 으쓱해 보이고는 자기 자리로 가서 앉았다. 1교시가 시작되도록 앞의 자리 하나가 빈 것을 보면 결석인 모양이었다. 있어도 잘 안 보인다는 말을 유리는 곱씹었다. 존재감이 없다는 이야기겠지, 생각하면서도 어제의 다섯 명을 떠올리면 하나하나가 신경 쓰였다.

존재감. 존재감이 뭐였지.

1교시가 끝나자 시끄러운 교실 안으로 시아가 들어왔다. 이리저리 사람에게 부딪쳐 가며 자기 자리에 가방을 놓고 시아는 큰 숨을 내쉬었다. 친구가 다가와 유리의 등을 툭 쳤다.

"지금은 저기 있네."

꼭 언제라도 시아가 사라질 것처럼 말하는 친구의 목소리에는 어떠한 악의도 없었다. 시아는 흘끗 유리를 보고 씩 웃었다가 다시 고개를 돌렸다. 미소가 다른 사람의 것보다 빠르게 흩어지는 느낌이 유리를 스쳐 갔다. 아, 잘 안 보인다는 게 이런 거구나. 뭔가를 해도, 하지 않아도, 정물처럼 늘 거기 있던 것같이 희미했다. 존재감이 적은 게 아니라, 생명력 자체가 적다는 느낌이 들었다. 흔들흔들, 언제 꺾여도 말라도 이상하지 않을 들풀처럼. 유리는 수업이 끝나자 시아의 자리로 가 팔을 붙들었다. 시아가 어, 하며 주변을 두리번거렸다. 본척도 말라던 사람이 이렇게 팔을 잡으면 놀라기도 하겠지. 시아는 이마에 잠깐 주름을 잡더니 속삭였다.

"걱정, 안 사라졌네?"

유리는 시아의 팔을 놓았다. 이 애는 신체 접촉으로 무언가 알아내는 능력이 있는 것 같다는 생각이 들었다. 그렇다면 괜히 정보를 먼저 전달해서 혼란을 가중할 필요는 없을 것 같았다. 아직 자신도 '손시아'를 찾는 '나'들이 무엇을 하려는지 전혀 알 수 없었으니까. 예지몽은 보고 싶은 것은 한사코 감추는 재주가 있었다. 시아는 가방을 등에 메고 입을 조그맣게 벌렸다. 무언가 고민하는 듯한 얼굴이었다. 유리가 지켜보자,

잠시 뒤 시아는 입을 다물었다가 말했다.

"수업 끝나면 우리 집으로 갈래?"

이 아이가 누구인지, 나와 무슨 관계가 있을지 알아내려면 정보를 캐내야 했다. 그러면 같은 반 친구네 집에 놀러 갈 수도 있겠지. 유리는 고개를 끄덕였다. 일단 저들보다 먼저 시아에 대해 알아야 했다. 역으로 탐지당할 수도 있지만. 문득 '에오'가 이야기해 준 붉은 실 생각이 났다. 자신과 자신보다도 강하게 이어진, 자신과 다른 초능력자가 있을 거라는 말. 에오를 만났을 때는 유리가 어렸기에 그것이 운명의 상대, 연인 같은 거라고 막연히 짐작했었다. 하지만 시아와 자신 사이에도 그게 연결되어 있는 것 같았다. 비록 노리개처럼 고운 매듭은 아니더라도.

시아의 집은 학교에서 걸어가기에 조금 멀었다. 시아는 느리게 걸었다. 대화 없이 둘은 걷다가 이리저리 좁게 뒤틀린 골목으로 들어섰다. 1층으로 몇 계단 올라가자 시아는 열쇠고리에서 카드 하나를 집어 문에 대었다. 기계음이 들리고 시아가 문손잡이를 당겼다.

처음으로 유리가 느낀 것은 위화감이었다. 101호와 102호는 기역 자로 붙은 집이었는데, 두 집 사이를 가로막는 벽이 없었다. 말하자면 기역 자로 된 큰 집에 현관문이 두 개인 셈이었다. 시아는 방문 하나를 열고 무어라 얘기하더니 고개를 끄덕였다. 머리를 곱게 쪽 진 할머니가 방문 틈새로 유리의 위아래를 훑어보았다. 유리는 할머니와 시아 사이의 대화 중에 딱 한 마디만 알아들을 수 있었다. 보살님. 시아가 유리에게 방 하나를 가리키며 먼저 들어가 있으라 손짓했다. 방 안에는 여벌 교복과 하얀 한복, 얼굴을 가리는 검은 베일이 달린 삿갓이 걸려 있었다.

"이게 다 뭐야······."

하얀 한복은 값이 꽤 나갈 법한 부드러운 치마와 빳빳한 저고리로 이루어져 있었다. 그제야 유리는 방 안에 떠도는 향냄새를 알아차렸다.

이 집의 주인이자 알음알음 아는 사람만 찾아오는 용한 무당. 그것이 사람들이 할머니를 부르는 이름이었다. 그러나 용함의 상당 부분은 시아에게 있었다. 할머니는 곱게 정좌한 시아를 보며 한숨을 쉬었다. 깡마른 몸에 헐렁한 교복. 자주 아프고 자주 아플 수밖에 없는 아이. 또래보다 느리게 걷고 보육원 마당 한가운데서 혼자 공기놀이를 하던 시아를 데려오던 날. 그날이 아직도 눈에 선했다.

삼십여 년을 이어 온 무당 노릇에 진저리가 나던 참이었다. 그래도 신이 내린 몸은 함부로 벗어날 수도 없다기에 어쩌다 이런 팔자인지 끙끙 앓던 무렵, 보육원 마당에서 삼베옷을 입고 공기놀이를 하는 아이가 꿈에 나왔다. 그 뒤로 펼쳐진 엷은 무지개가 아이를 감싸고 있었다. 아이고, 아가야. 나랑 같이 가자. 손을 내밀자 아이가 서서히 고개를 들었다. 그리고 꿈 밖으로 튕겨 나갔다. 할머니가 눈에 담을 수 있었던 건 보육원 이름뿐이었다.

할머니는 일어나자마자 차를 몰아 보육원으로 달려갔다. 산 넘고 물 건너 세 시간이 넘는 긴 길, 낮에 출발해 저녁이 다 될 무렵 도착한 보육원 마당에서는 삼베옷 대신 헐렁한 셔츠와 운동복 바지를 입은 여자아이가 혼자 공기놀이를 하고 있었다. 할머니는 조심스레 아이에게 다가갔다. 아이는 물끄러미 할머니를 올려다보았다. 누구시냐고, 어쩐 일로 왔냐고 묻지도 않은 채. 그러더니 할머니의 소매를 잡고 아이가 말했다.

"걱정 있어요?"

할머니의 입에서 마른 숨과 함께 말이 터져 나왔다.

"우리 아가씨, 여기 계시네."

그 빛, 시아를 꿈속에서 감싸던 은은한 빛이 많은 사람을 구원할 빛이라는 사실이 할머니의 마음을 감쌌다. 시아는 다 아는 듯, 아무것도 모르는 듯 할머니의 소매를 놓지 않았다.

할머니는 서둘러 입양 절차를 밟고 시아를 데려왔다. 처음 집에 들인 날부터 시아는 굿당에 있는 물건이 신기한지 이리저리 들여다보면서도 손을 대지는 않았다. 무엇이 무섭다거나 무엇이 좋다는 말도 하지 않았다. 오색기, 쌀통, 주역이며 방울을 구경하면서도 특별한 흥미는 보이지 않았다. 다만 할머니를 보면 말갛게 웃었다. 할머니는 그 웃음을 보면 안심이 되면서도 답답했다. 분명 무슨 신이 내려 그런 꿈을 꾸었을 텐데. 무당집에서 멀쩡한 아이를 데려다 키우는 게 좋지는 않을 텐데. 시아에게 거울이며 방울, 칼을 보여 줘도 시아는 고개만 갸웃거렸다. 할머니의 입에서 탄식이 나왔다.

대체 저 아이에겐 무슨 신이 내렸을까. 아는 무당마다 물어보았지만 돌아오는 대답은 없었다. 옛날 책을 뒤져 가며 찾아보아도 딱히 들어맞는 신은 없었다. 몇 주째 시아에게 무슨 신이 내렸는지 알아보려고 돌아다니다 지친 몸을 끌고 집으로 돌아온 어느 날, 소파 아래에서 그림책을 들여다보던 시아가 할머니와 눈을 마주치고 히죽 웃었다. 할머니는 가슴이 답답해졌다. 저 애를 잘못 데려온 거면 어떻게 하나. 내가 헛꿈을 꾸어 괜한 아이를 이곳으로 데려온 거면 어떻게 하나. 아이고, 산신님 살려 줍서. 그때 시아가 할머니에게 다가왔다. 그리고 주름진 손을 꼭 쥐고 중얼거렸다.

"내가 대신 걱정할게요."

그 순간, 할머니는 머리를 가득 채우던 걱정이 손끝으로 빠져나가는 것이 느껴졌다. 이 애를 잘못 데려온 게 아니구나. 시아가 할머니의 손을 잡은 채 무어라 중얼중얼거렸다. 할머니의 몸에 노곤한 졸음이 쏟아졌다. 어린 시아는 할머니의 손을 잡은 채 요가 깔려 있는 침실로 들어갔다. 할머니가 요 위에 앉자 시아는 말했다.

"내가 걱정하는 일은 절대 일어나지 않아요. 친구들 걱정을 덜어 주려고 했는데, 친구들은 내가 이러면 도망갔어요."

반짝이는 검은 눈동자로 말하는 시아를 보다 할머니는 까무룩 잠이 들었다. 굽은 팔다리를 하나하나 펴고 이불 속에 누우며 할머니는 속으로 중얼거렸다. 그러네. 우리 아가씨는 보살님이네. 아기보살이 오셨구나. 중생들의 고통을 대신 지고 갈 아기보살님이 오셨어.

그날이 이리도 선연한데.

십 년이 넘게 지나 시아는 고등학생이 되었다. 그동안 한 번도 시아는 누군가를 집에 데려온 적이 없었다. 무당집인 게 소문나면 너만 힘들다고 할머니 자신이 말린 탓도 있었다. 하지만 오늘은 말도 없이 친구를 데려왔다. 귀신도 붙지 않았는데 걱정만으로 온 어깨가 축 처진 애였다. 촉이 영 좋지 않았다. 저런 애는 반드시 사고를 치기 마련이었다. 의도하지 않아도 거대한 사고를 치고야 마는 애들이 저런 어깨를 가지고 있었다. 할머니는 시아에게 물었다.

"뭐 하는 애를 데려온 게야."

"그냥 학교 친구요. 걱정이 많아 보여서."

할머니는 못마땅한 듯 이마를 찌푸렸다. 시아에게는 다른 사람의 걱정을 덜어 내는 힘이 있고, 시아가 걱정하는 일은 절대 일어나지 않는다는 법칙도 있었다. 그러나 시아가 데려온 아이의 걱정은 한 사람의 무게가 아니었다. 다섯, 어쩌면 여섯…… 어찌 저 어린아이가 저런 걱정을 지고 왔을꼬. 시아는 할머니에게 웃어 보였다.

"쟤는 다른 사람들에게 말 안 해요."

"그걸 네가 어찌 아누."

"말할까 봐 걱정되는 걸 보면, 말하지 않을 사람인 게지요."

굿당 손님들과 처사들, 무당들이 모이는 곳에 자주 가서 그런지 시아는 나이에 맞지 않는 말투를 자주 썼다. 할머니는 끙, 소리를 내며 시아의 볼을 주름진 손으로 쓸었다.

"우리 보살님이 그렇다면 그런 게지."

물에 빠진 귀도 아니요, 불타 죽은 귀도 아니요, 굶어 죽고 치여 죽고 찔려 죽고 깔려 죽은 귀 모두 아니로다. 시아가 유리라고 부른 그 애에게 붙어 있는 두려움은 죽은 자의 한이 아니었다. 그렇다면 시아가 그것을 넘겨받아도 큰 탈이 있지는 않을 터였다.

"보살님. 무리하지 말고."

시아는 웃으며 할머니 방을 빠져나갔다.

"걱정 마세요."

유리는 코끝에 맴도는 향냄새와 한복, 시아의 책상에 놓인 몇 권의 무속 서적을 보고 추측했다.

'무당인가? 아니면 점치는 애? 좀 특이하긴 하네. 하지만 고작 이 애 하나를 다섯 명이나 찾는다고?'

정확히는 다섯 명도 아니라 다섯 우주였다. 한 개의 우주도 다 돌아보지 못한 유리에게는 짐작도 가지 않는 크기였다. 시아가 주스 두 잔을 따라 들어왔다. 시아는 주스 컵을 책상 위에 놓더니 유리에게 말했다.

"음. 나 뭐 하는 사람인지 알겠어?"

유리가 멀거니 시아를 올려다보았다. 힘없이 대답이 흘러나왔다.

"무당이야?"

시아가 까르르 웃었다.

"응. 맞는데, 나 혼자 굿하고 그런 건 아니고 할머니가 하

32

셔. 나는 그냥 초능력으로 좀 돕는 정도고. 아, 너한테 굿판 벌여야 한다고 데려온 건 아냐. 내가 너를 도울 수 있을까 해서 그래."

시아는 바닥에 앉아 두 손으로 턱을 괴었다. 생긋, 웃는 웃음이 맑았다.

"내 초능력은 '기우'야."

유리는 기우의 뜻이 무엇인지 헤아려 보았다. 하늘이 무너지는 일처럼 터무니없는 걱정을 보통 기우라고 하지 않던가. 그런데 초능력이 기우라는 건 대체 무슨 소리지.

시아는 한 손을 뻗어 바닥에 작은 원을 그렸다.

"누구나 걱정이 있잖아. 말도 안 되는 걱정도 있고, 정말 일어날지 모르는 일에 대한 걱정도 있고. 나는 그 걱정을 흡수하는 힘이 있어. 흡수한 다음에는 그 사람이 하던 걱정을 계속 이어가. 그동안은 절대 그 일이 일어나지 않아. 이틀 정도 되는 것 같아. 시간은 좀 짧지만…… 내일 중요한 시험이 있는데 밀려 쓸까 봐 고민이다, 오늘 멀리 출장을 가는데 간밤 꿈이 사나워 사고가 날까 고민이다. 그 정도는 해결해 줄 수 있어. 대신 그동안 내가 계속 고민을 해야 되니까 머리가 아프긴 해."

아무리 시아의 설명을 곱씹어도, 이게 무슨 문제가 되는지 유리는 알 수 없었다. 고민을 대신 흡수해 주는 것이 나쁜 일인지. 그것도 고작 이틀일 뿐인데. 관측자니 인과율자니 하는 거대한 이름을 달고, 자신을 위협해 가며 이름을 캐낼 일인가? 유리는 아리송해지는 머리로 더듬대며 물었다.

"뭐든지 다 돼? 우리 애가 불치병인데 병으로 죽을까 고민이다. 우리 할머니가 지금 위독하신데 멀리서 오는 손자를 꼭 만나야 된다. 그런…… 목숨에 관한 것도."

시아는 천장을 잠시 보더니 고개를 살짝 저었다.

"강한 운명은 완전히는 못 거슬러. 차에 치여 죽을 운명인 사람을 걱정하면 장난감 차를 밟고 넘어져서 머리를 부딪쳐 죽는 경우도 있고. 손자가 영 못 올 운이면 다른 사람을 손자로 착각하고 돌아가실 분은 마음이 좀 편해진다든지, 편법을 좀 쓰는 것뿐이야. 무당이 다 이뤄 주면 세상에 못 할 게 없지."

"그렇구나."

유리는 가만히 고개를 숙이고 있다가 시아가 자기 무릎에 손을 얹는 느낌에 고개를 들었다. 시아는 약간 찡그린 얼굴로 중얼거렸다.

"왜 네 걱정은 흡수되지가 않지? 되게 빽빽하게, 몸 안에 꽉 차 있어. 대체 무슨 걱정을 하고 사는 거야?"

유리는 이 작은 몸집의 아이가 자기를 도와주려고 노력한다는 게 조금 안쓰러웠다. 유리 자신의 걱정은 예지몽 때문이고, 생판 모르는 타인의 사고를 예지하는 것이 대부분이라 시아에게도 힘에 부치는 모양이었다. 유리는 살그머니 시아의 손을 떼어 내고 말했다. 아마, 또래가 이 말을 믿어 주리라 생각하고 털어놓는 것은 처음이 아닐까 생각이 들었다.

"내 초능력은 예지몽이거든. 너랑 닮았어."

시아가 고개를 끄덕였다.

"내 능력으론 턱도 없는 거네."

"그래?"

"응. 한두 사람 걱정이 아니잖아? 내가 가져가기에는 너무 크다."

유리는 살짝 웃었다.

"그래도 말해 놓고 나니 기분이 나아졌어."

가져온 주스를 마시다가, 시아는 문득 생각난 듯 물었다.

"예지몽 때문에 병원에 가는 거야?"

"원인은 그렇지만, 예지몽을 의사한테 말한 적은 없어. 내 진단명은 우울증이야."

"그렇겠네. 예지몽을 꾸다 보면 우울해질 것 같아."

시아가 크게 고개를 주억거리자 유리는 조금 위로받은 기분이 들었다.

"아무래도 너랑 비슷하지. 나도 예지몽에서 본 사고를 막으려고 해도, 잘 안 막아지더라."

그 기분 안다며 유리의 무릎 언저리를 시아가 톡톡 두드렸다. 슬몃, 유리의 머릿속으로 생각 하나가 스치고 지나갔다.

"너도 치료받아야 되는 거 아냐?"

"응? 내가?"

시아가 모르겠다는 얼굴로 묻자 유리는 설명했다.

"남의 걱정을 계속 하는 거잖아. 그러면 나처럼 정신적으로 그런…… 힘든 일 없어?"

유리는 자기도 모르게 걱정을 담아 말했다. 동병상련이려나. 말해 놓고 조금 후회할 정도였다. 시아는 잠깐 천장을 보았다.

"걱정하면 불안하긴 하지. 그렇지만……."

말하던 시아는 살짝 웃으며 고개를 저었다.

"나는 불안함을 치료받으면 안 되지. 내가 불안해야 그 일이 안 일어나잖아."

"그럼 안과는 왜 가?"

"향 연기를 너무 많이 보고 있었더니 눈에 핏발이 서더라고. 옛날부터 다니던 데고 내 사정을 아는 안과라 계속 가는 거야."

유리는 주스를 한 모금 더 마셨다. 그리고 생각했다. 불안을 거두면 안 되는 생활이라니. 너무한 거 아닌가. 열두 살 전의 자신이 생각나서 저절로 얼굴이 찡그려졌다. 이제는 정보를 캔다기보다 그냥 친구에게 이것저것 물어보는 기분이 들었다. 내친김에 유리는 물어볼 수 있는 건 다 물어보기로 했다.

"불안 때문에 학교를 빠지는 거야?"

유리의 질문에 시아는 고개를 저었다.

"아, 그거 아냐. 불안하다고 해서 학교를 못 가는 건 아닌데, 아주 절박한 사람들이 오면 하루 종일 그 생각만 해야 되니까 집중하려고. 오히려 걱정이 사라지면 당황스럽거든."

시아가 벽에 걸린 한복을 흘끔 보고 말했다.

"어느 순간 내 안에서 걱정이 사라질 때가 종종 있어. 그러면 그 일이 결국 일어나 버린 거지."

끝내 막지 못할 때 오는 답답함. 유리가 아는 감각이었다. 유리는 진심을 담아 말했다.

"힘들지, 그거."

"하늘이 그렇게 엮으신 일이라고 할머니가 그랬어."

유리는 시아의 말을 들으며 평행우주를 떠올렸다. 그걸 세상은 운명이라고도 하고, 하늘이 엮은 일이라고도 하는 게 아

닐까 유리는 생각했다. 시아는 걱정 말라는 듯 손을 내저으며
말했다.

"걱정 마. 나는 이 집에선 메인이 아니야. 서브야. 할머니가
부적도 써 주고 풀이도 해 주다가 너무 절실하다 싶을 때만
나를 불러. 저기 한복이랑 베일로 얼굴 다 가리고. 그래서 길
가다가 손님이랑 마주친 적도 없어. 막, 티브이처럼 사기꾼
무당이라고 나 해꼬지 하는 사람 없어."

"그래도……."

유리가 중얼거렸다.

"걱정이 사라지는 순간, 그 일이 일어나는 거면…… 허탈하
잖아."

시아가 고개를 끄덕였다.

"허탈하지만 어쩌겠어. 할머니도 다 아는데 부르실 때도 있
어. 나는 그냥 할머니가 길러 주시는 거 좋으니까. 사람들도
다 알면서도 너무 괴로워서 할머니한테 도움 청하러 오는 거
니까. 나랑 할머니는 괜찮게 지내는 편이야."

유리는 차마 말을 꺼내지 못했다. 시아의 말은, 시아가 걱
정하지 않은 수많은 일은 일어날 확률이 높다는 거였다. 그리
고 걱정을 해도 일어날 일은 교묘하게 피해서 정체를 드러낸
다고. 그것이 순리라고. 평행우주의 법칙이라고.

이런 애한테 다섯 지구의 유리가 시아를 찾고 있다는 말을 할 수는 없었다. 그것을 구체적으로 걱정해서 일어나지 않게 할 수 있을 거라는 자신이 없었다. 게다가 걱정의 효능은 고작 길어도 이틀이라지 않는가.

'아무 얘기도 하지 않는 게 낫겠다. 그냥 좀 더 지켜보면 되겠지.'

유리는 다짐했다. 예전에 다른 '나'들이 들려준 이야기에 따르면, 다른 지구에서 이 지구에 와서 머무를 수 있는 시간은 최대 닷새라고 했다. 아무리 길어도 닷새간만 시아랑 붙어 있으면 되겠지. '나'와 '나'는 같이 있으면 본능적으로 서로가 무슨 생각을 하는지 알아차릴 수 있으니까. 그걸로 되겠지. 유리는 더 이상의 걱정은 조금 미뤄 놓기로 했다.

시아가 일어섰다.

"해 질 시간이네. 옥상 갈래?"

"왜?"

"풍경이 예뻐."

시아와 유리는 엘리베이터도 없는 건물 옥상에 올라갔다. 습도가 높은지, 구름이 짙고 하늘의 색이 진했다. 하늘이 붉게 타오르다 점점 어두워지는 모습을 보며 시아가 말했다.

"묘하게 네가 신경 쓰여. 가끔 그런 애들이 있는데, 차라리 신경을 꺼 버리고 무슨 일이 일어나도 나는 알 바 아니라고 생각하면 편해. 그런데 그냥, 널 걱정하고 싶어져서. 그래서 집으로 데리고 왔어."

뭔가 눈치챈 게 아닐까. 유리는 굳은 표정으로 시아를 보았다. 그 표정을 본 시아가 장난스럽게 웃었다.

"아, 뭐, 따라다닌다는 거 아냐. 일주일 정도만 학교에 꼬박꼬박 가고, 가끔 친한 척해도 너무 놀라지 말라는 소리지."

유리는 가까스로 고개를 끄덕였다.

그런 거면 좋을 텐데. 네가 나를, 네가 너를 걱정해서 아무 일도 일어나지 않으면 좋을 텐데.

시아를 지켜보는 것과는 별개로, 시아를 왜 찾는지 유리는 그날 결국 이해할 수 없었다. 다섯 우주의 자신들은 왜 그렇게 불길한 분위기를 풍겼을까. 유리는 내일 학교가 끝나는 대로 다섯을 찾아야겠다고 생각했다. 피할 수 없다면 알아야 했다. 베이가 남겨 준 스마트폰 번호를 확인하며, 유리는 숨을 깊게 들이쉬었다.

4

너로 인해 세계 멸망

화요일 낮에서 저녁으로 넘어가는 시간, 적당히 떠들기 좋은 시내 카페를 찾아 다섯 명과 유리가 둘러앉았다. 가격이 싸다는 이유로 시킨 아메리카노는 씁쓸했지만 유리는 정신이 나도록 차라리 써서 낫다고 생각했다. 단 음료를 찾는 불평이나 할 때가 아니었다. 상황을 해결하는 게 우선이었다.

　다섯이 일요일에 보인 태도는 흡사 범인을 찾는 탐정 같았다. 꼭 시아가 큰 범죄라도 저지를 것처럼, 이름을 듣는 순간 분위기가 달라졌다. 하지만 유리가 본 시아는 그런 것과는 너무도 거리가 멀었다. 유리는 무슨 말을 꺼내야 할까 고민했다. 그 애는 그냥 아기 무당 같은 거라고, 세상에 피해를 끼치는 그런 일을 할 아이가 아니라고 말할까 생각했지만 입 밖에 낼 수는 없었다. 그랬다가는 이 다섯 명의 내가 '시아가 위험한 존재다'라는 것을 기정사실로 만들어 버릴 것 같았다.

　말하지 않아도 스멀스멀 나에게서 나에게로 전해지는 공기를 따라가면 알 수 있었다. 이 애들이 손시아에게 품고 있는 감정은 분명히 악의에 가까웠다. 하지만 대체 무슨 수로, 대신 걱정해 주는 능력이 이 세상에 위험을 끼친다는 거야. 유리는 손톱을 물어뜯었다.

우물쭈물하는 사이 토토가 먼저 말을 꺼냈다.

"너, 손시아를 만났구나."

유리는 고개를 끄덕였다. 뜻밖에도 다섯은 아무 말도 하지 않았다. 의외였다. 손시아가 그들이 찾는 대상이라는 걸 알면 유리가 접촉하는 것을 막을 거라고 생각했는데, 오히려 그럴 줄 알았다는 듯한 표정이었다. 류이 어깨를 으쓱했다.

"만나야지. 너랑 손시아도 홍연자니까. 붉은 실로 엮인 사람들."

만나야 하는 것 자체가 얘네들 계획의 일부였다는 건가? 유리가 입술을 깨물자 베이가 종이 한 장을 꺼내더니 수많은 동그라미를 그렸다. 다른 넷은 이미 다 알고 있는 이야기라는 듯 시큰둥하게 각자가 시킨 음료와 먹을거리에 시선을 돌렸다. 베이가 동그라미 하나하나를 볼펜으로 짚어 가며 이야기했다.

"이게 다 평행우주야. 생명체가 있는 곳도 있고, 없는 곳도 있어."

지구 같은 게 없는 곳이라며 베이는 몇 개의 동그라미에 엑

스 자를 쳤다.

"너와 우리가 태어난 곳도 있고, 태어나지 않은 곳도 있지. 평행우주라고 해도 방향 하나만 삐끗하면 어마어마하게 달라지는걸. 지구가 있다가 멸망한 곳도 있고, 우리가 태어났다가 이미 죽은 곳도 있고."

베이는 종이에서 손을 뗐다.

"너와 시아가 비슷한 시기에 비슷한 곳에 태어나서, 인연이 이어진 평행우주는 생각보다 적어. 스무 개 미만이라고 하면 대충 맞겠네. 내 초능력이 뭔지는 말해 줬지?"

베이가 등을 똑바로 펴고 유리를 응시하며 말했다.

"말했듯이 나는 관측자야. 평행우주에서 '공통으로 일어나는 일'을 관측할 수 있어. 사실 평행우주에서 관측자는 꽤 많아. 우리 지구에는 하나뿐이었던 것 같지만. 어쨌든 관측자를 우주 공통어로 따로 부르는 정식 명칭도 있는데, 발성기관이 달라서 발음을 못 하겠네."

"그게 시아랑 무슨 상관이야?"

유리가 묻자 베이는 한 손으로 턱을 괴고 유리의 눈을 들여다보았다.

"벌써 둘이 눈 맞았어?"

"뭐?"

유리가 찡그리자 진이 베이의 옆구리를 쿡 찔렀다.

"친해졌냐고 해야지. 눈 맞는다는 건 다른 뜻이야."

베이가 진의 손을 잡아 떼어 내며 투덜거렸다.

"너 함부로 손대지 마라. 실수로라도 변형해서 찔렀으면 이 몸은 죽는다고."

"아무튼."

둘이 티격태격하는 사이 렌이 낮은 목소리로 중얼거렸다.

"관측자는 관측만 할 수 있을 뿐이야. 만약 백 개의 지구가 다양한 원인 때문에 망한다면, 관측자는 그걸 볼 수 없어. 같은 원인 하나 때문에 여러 지구가 망하는데 원인이 운석 충돌 같은 거대한 거면 그것도 못 막아. 하지만 서너 개의 지구가 한 사람 때문에 망한다면 행동을 할 수 있지. 공통 원인을 제거하면 되는 일이니까."

"그럼 설마."

유리가 불길한 예감에 몸을 살짝 뒤로 빼자 렌이 말했다.

"우리는 모두 네가 있고, 내가 있는 지구에서 왔어. 그리고 손시아가 있는 지구이기도 했지. 그런데 이렇게 너와 손시아를 찾아온 이유가 뭔지, 너도 짐작은 할 수 있을 텐데."

유리는 떨리는 목소리를 감추려 살짝 비아냥대는 어투로 말했다.

"시아가 공통 원인이라도 돼? 지구를 박살 냈어?"

베이와 진이 투닥거림을 멈추고 유리를 바라보았다. 렌은 다시 고개를 숙였다. 베이가 싱글거리며 말했다.

"정답. 편의상 너랑 시아가 동시에 존재하는 우주를 공통 우주라고 할게. 공통 우주 열세 개 중에 네 개는 이미 내가 원인을 알기도 전에 망했더라고. 관측자라고 해도 다 알 수 있는 게 아니라서. 뭐, 문헌 같은 걸로 추리할 수는 있었지만. 그 지구의 관측자들은 멸망을 관측하고 미리 다른 평행우주로 가기도 했고."

베이가 손가락을 꼽았다.

"그럼 아홉 개 남았지? 아홉 개 중에 세 개는 애매한 상황이야. 한 군데는 진화 상태가 너무 달라서 그냥 공룡 대멸망 같은 걸 맞을 듯해. 티라노사우르스인 '나'랑 어떻게 대화를 해? 어떤 데는 이미 엉망이라 차라리 망하는 게 나은 상황이고. 하나는 무슨 일인지 '나'랑 접촉 자체가 안 되더라. 그러면 여섯 개. 우리가 온 지구랑 여기 하나. 여기는 말도 통하고 진화 속도도 크게 다르지 않지. 좋은 별이야."

칭찬인지 뭔지 모를 말을 늘어놓은 베이가 자랑스러운 듯 가슴을 폈다.

"여기가 손시아 때문에 망할 확률은 굉장히 높아. 85퍼센트 이상이야."

유리의 손이 파르르 떨렸다. 15퍼센트는 예측이 빗나갈 수
도 있는 말이었다.

"걔는 그냥……! 아니, 걔가 어떻게 지구를 망하게 해? 하
나못해 다른 지구가 시아 때문에…… 망했다는 확실한 증거
라도 있어?"

"있어. 우리가 온 다섯 개의 우주는 멸망하거나 멸망 직전
까지 갔지. 그건 다 시아의 능력. 걱정하는 모든 일이 일어나
지 않게 하는 능력 때문에 일어난 일이니까."

렌이 속이 안 좋다며 의자에서 일어섰다. 베이는 이해하라
는 듯이 손을 까딱거렸다.

"그런 '대리 걱정' 능력자는 전 지구를 통틀어서 그리 많지
않아. 너랑 만난 대리 걱정 능력자 때문에 지구가 멸망하는
걸 여러 지구에서 동시 관측한 게 우연이라고 생각해?"

"하지만, 걔는 그냥…… 걱정을 덜어 주는 애야."

유리는 힘없이 말하고 렌이 사라진 쪽으로 눈길을 주었다.

"렌이라고 했나? 쟤는 계속 우울해 보이던데…… 왜 그래?"

토토가 파란색 단발머리를 손으로 쓸어내리며 대답했다.

"렌의 '시아'는 쌍둥이 동생이었거든. 그리고 렌의 지구는
망하지 않았고."

죽였구나. 유리는 귀를 막고 싶었다. 하지만 베이의 말이 인정사정없이 유리의 귀 안으로 내리꽂혔다.

"각자에게 '시아'가 있지. 시아를 죽인 지구는 살았고, 죽이지 못한 지구는 망했어. 망했다는 건 인간이 살 수 없을 만큼 황폐해졌다는 이야기도 되고, 전체주의 국가가 되어서 모두가 로봇처럼 지배에 따르게 되었다는 이야기기도 해. 인간이 자유의지를 잃는 상태를 대체로 망했다고 설명하고 있어."

"누가 보면 인간만 있는 줄 알겠다."

진이 작게 투덜거렸다.

"유리가 인간이니까 그렇게 설명하는 거야. 진은 자기 지구로 돌아가면 재규어에 가까운 모습으로 바뀌어. 지금 구부정하게 앉아 있는 것도 의자가 몸에 안 맞아서 그래."

베이가 설명을 마치자 유리의 미간이 한층 더 깊게 일그러졌다.

"거짓말이 아닌 건 알겠지만, 시아가 지구를 망하게 했다는 제대로 된 증거…… 그거 없으면 난 협조 안 해. 협조할 생각은 처음부터 없었지만."

"그럼 왜 우리를 부른 건데?"

베이가 호기심 어린 눈으로 유리를 보았다.

"애 좀 내버려 두라고. 날 납치해서 빈 건물로 끌고 간 '나'

들이 그 조그만 애한테 무슨 짓을 할지 어떻게 알아."

"증거를 보여 주면 협조할 거야?"

유리는 증거 따위가 있을 리 없다고 생각했다. 증거를 보여 줄 거면 첫날부터 보여 주고 속전속결로 나갔겠지. 하지만 베이는 주머니에서 작은 모니터를 꺼냈다.

"반입 절차가 좀 까다로워서 오늘 아침에야 받았어. 너네 넷은 안 봐도 돼. 아니, 그냥 안 보는 게 좋겠다. 유리만 보면 되니까."

손바닥만 한 화면 속에는 제각각의 지옥도 세 개가 펼쳐져 있었다.

"하나는 내가 살던 지구. 하나는 륜이 살던 지구. 하나는 이미 망한 지구 레코드를 받아 온 거야."

물이 말라 버린 바다에 즐비한 물고기 사체. 사람이 사람을 뜯어 먹는 모습. 모든 곳이 불바다가 된 풍경. 소리는 들리지 않았지만 그것은 충분히 지옥이었다. 하지만 유리에게는 아직 의문이 남아 있었다.

"바다가 마르고, 식육을 해……? 시아가 이걸 어떻게 해?"

"물론 그 애가 직접 저지른 일은 아니야."

륜이 손으로 영상을 가리며 말했다.

"첫 번째 영상이 내가 사는 지구야. 이제 '살았던' 지구지.

왜 이렇게 됐는지 짐작이 가? 우리 행성은 수증기가 대기 중 일정 퍼센티지 이상을 차지해야 생물들이 살 수 있어. 물로 숨 쉬는 셈이지. 그런데 항성과 거리가 점점 가까워지면서 대기 속 수증기가 줄어들기 시작했어. 우리 다 죽는 거 아니냐고 아우성칠 즈음 다행히 항성과의 거리가 줄어드는 게 멈췄어. 하지만 수증기는 여전히 부족했지. 그때 어떤 과학자가 바닷물을 열 없이 수증기로 변환하는 장치를 발명해 냈어. 원리는 나도 몰라."

"시아가 과학자야?"

"아니, 걔는 그냥 걱정만 했을 뿐이야. 과학자는 자기 이론이 악용될 수 있다는 걸 알아차렸어. 물의 양은 한계가 있어. 일정 수준보다 물이 적어지면 수증기로 변환할 양이 없어지고, 그러면 우리는 말라 죽지. 그런데 우리도 종족이 여럿이거든. 수증기를 크게 소비하는 쪽과 적게 소비하는 쪽."

룐은 영상을 다시 들여다보더니 조금 가라앉은 목소리로 말을 이었다.

"수증기를 크게 소비하는 쪽을 아가미족이라고 하자. 과학자의 연구는 수증기를 가장 많이 필요로 하는 아가미족의 대대적인 후원을 받고 진행되었어. 아가미족이 우리 지구에선 상류 계층이거든. 수증기를 많이 소모하는 만큼 머리도 좋고

발달도 빨라. 하지만 이게 결국 아가미족 후원을 받고 만들어지면 아가미족이 기술을 독점하고, 수증기도 불평등하게 생산될 거라는 생각도 많았어. 과학자도 그걸 알았지. 하지만 자기 기술을 가장 비싸게 사 줄 상대가 아가미족이니까, 아가미족과 기술 완성품을 거래하기로 했어. 그리고 딱 48시간 동안 자신이 안전가옥에서 머물 때 아무 사고도 없게 해 달라고 시아에게 부탁했어.

시아는 과학자의 걱정을 넘겨받았어. 그리고 과학자는 아가미족에게 무사히 기술을 팔 수 있었지. 모든 암살 시도가 허탕으로 돌아갔거든. 말도 안 되는 이유로. 그리고 3년 후, 결국 불균형 때문에 곳곳의 바닷물이 마르기 시작했어. 바다 생물, 우리들은 죽고 썩어 갔지. 그게 네가 본 영상이야."

말을 멈추고 륜은 아이스 아메리카노에 남은 얼음을 아그작 깨물었다. 입을 벌릴 때, 뾰족한 어금니와 송곳니가 유리의 눈에 들어왔다. 륜은 얼음을 삼키고 말했다.

"우리 지구는, 말라 죽었어. 소수의 아가미족만 살아 있을 텐데, 어디서 물을 끌어오지 않는 한 수증기는 계속 부족해질 테니까 걔네도 곧 죽겠지."

그건, 그건 항성이 다가오지 않았다면 일어나지 않았을 일이잖아. 근본 원인은 항성이잖아. 그렇게 반박하고 싶었지만 우주가 변화하는 것은 그 누구도 막을 수 없는 우연에 가깝다. 명확한 목표를 가지고 행동해 사건을 만들어 낸 건 시아가 맞았다. 유리는 자신의 손이 땀으로 흠뻑 젖어 있다는 걸 알았다. 손을 바지에 문질러 닦으며 유리는 물었다.

"거기서 너와 시아는 어떤 관계였어?"

"시아가 우리 엄마였어. 엄마를 죽이는 건 힘든 일이지."

"그럼 너는 지금…… 어디 살아?"

륜이 얼음을 다 씹어 삼킨 후 대답했다.

"우주난민 비자로 어디든 가긴 할 텐데, 사실 가고 싶지 않아. 어느 곳으로든 가면 거기 주 생명체에 맞춰서 골격 시술부터 받아야 하거든. 나는 망한 지구에서 말라 죽어 가고 있는데 베이가 들고 토토네 우주로 튀었어."

"너무하네. 그러면 중요한 증언을 해 줄 존재가 팔딱팔딱 말라 가는데 보고만 있어? 게다가 너도 '나'잖아. 기껏 우리 우주도 망해서 헤매는 와중에 일 하나 더 했구만."

"거 참 고맙다."

둘은 이야기를 주고받으며 낄낄거렸다. 유리는 저런 말을 웃으면서 할 수 있다는 사실에 감탄 반 소름 반을 느꼈다. 입으로는 어찌어찌 웃는 표정을 만들 수 있지만 한여름인데도 등에 오소소 소름이 돋았다. 이 애들이 다 미쳐 버린 거라면 정말 좋을 텐데. 모든 게 헛소리라면 얼마나 좋을까. 그러나 유리는 그것이 헛된 믿음임을 알고 있었다. 그들이 미쳤다면 유리도 미친 거였고, 유리를 진지하게 받아들인 시아 역시 미친 거였다.

4.5

륜의 경우

"엄마 정신 나갔어?"

류은 빽 소리를 질렀다. 가쁘게 숨을 쉬느라 관 삽입부가 시큰거렸다. 류은 늘 축축한 곳에서 살아야 했다. 류이 달고 있는 보조 아가미는 목 양쪽에 관을 삽입해 기도로 수증기를 불어 넣는 장치였다. 잘 때마다 수증기 발생 장치를 연결하지 않으면 몸 안의 피가 모두 말라 버릴 거라는 병원의 말에 따라, 류은 열한 살 때부터 장치를 달고 살았다. 세쌍둥이로 태어났지만 모두 같은 병을 앓고 있었고 시술이 가능한 나이가 되기 전에 둘은 죽어 버렸다. 류은 엄마가 돈을 벌기 위해 이리저리 뛰어다닌다는 것을 알고 있었다. 남들의 걱정을 대신해 주고 돈을 받는 거야, 엄마는 자기 능력에 대해 그렇게 말했다. 류도 도움을 받은 적이 있었기에 류은 엄마의 말을 믿었다.

엄마는 자주 두통에 시달렸다. 진통제를 한 움큼씩 주머니에 넣고 다녔다. 정신을 안정시켜 주는 마취제를 쓰길 권고

받은 적도 여러 번 있었지만 엄마는 끝내 마취제를 쓰지 않았다. 세상은 늘 고통스럽지만 고통에 대가를 지불할 수 있는 사람은 흔하지 않았다. 그래서 엄마의 수입은 들쑥날쑥했고 밤을 새우는 일도 허다했다. 그리고 륜에게 통보되는 건 늘 륜이 개입할 수 없을 때였다. 륜은 엄마가 어디로 가서 어떻게 일하는지도 몰랐다. 가끔 륜의 짐도 함께 싸서 도망치듯 깜깜한 곳으로 가기도 했다. 그렇게 일주일 정도를 새우면 엄마는 륜에게 잘했다고 칭찬을 해 주었다.

"엄마 일하는 거 방해하지 말라고 말했잖아."

엄마는 지친 얼굴로 륜을 보았다. 륜이 시간을 돌리는 '인과율자'라는 것을 알기에 엄마는 륜에게 일이 어떻게 진행되는지 알리지 않았다. 륜은 닷새까지 시간을 돌릴 수 있으니 륜이 일을 그르치지 않게 하려면 일이 끝나고 최소 닷새 후에 집에 돌아와야 했다. 한번 일을 시작하면 일주일은 떨어져 있어야 하는 셈이었다.

물론 륜은 '인과율자'들이 듣는 규칙 수업을 꼬박꼬박 듣는 착한 아이였다. 개인적인 목적으로 시간을 되돌리지 말 것. 반드시 중앙청의 허가를 받고 시간을 돌릴 것. 륜은 성인이 되지 않았기에 중앙청에 인과율자가 내야 하는 신청서를 발급받을 수도 없었다. 하지만 륜은 엄마를 사랑했다. 엄마를 사랑하는 아이가 엄마를 위해 할 수 있는 일은 말도 안 되는 결과를 낳을 수도 있었다.

"그럴 거면 양육권 포기하고 중앙청에 날 맡겨. 엄마가 하는 일이 뭔지도 모르게!"

인과율자는 귀한 초능력자였다. 엄마가 류의 양육을 포기하고 중앙청에 넘기는 것만으로도 엄마는 연금을 받으며 일할 필요 없이 편안하게 살 수 있을 터였다. 아무 걱정 없이. 위험 없이.

그러나 류의 능력은 희귀했지만 걱정을 대신해 주는 초능력은 그보다 더 귀했다. '대리 걱정'을 하는 대부분은 자신이 그런 능력이 있다는 것조차 모르다 어딘가 납치되어 임무를 통보받고, 자신의 능력을 단련하는 경우가 허다했다. 정식 명칭도 없이, 암암리에 그들은 '대리자'라 불렸다.

이름이 알려진 대리자가 없다시피 한 것은 그 때문이었다. 대리자가 누구인지 드러나는 순간, 그 대리자와 관계된 모든 일을 망칠 수 있다. 대리자를 '생각하는 게 불가능한' 상태로 만드는 순간 대리자의 능력은 무효가 되는 것이나 마찬가지이기 때문이다.

류의 엄마도 대부분의 대리자처럼, 납치된 후 자신의 능력을 알았다. 몽롱해졌다가 정신을 차려 보니 눈이 가려져 있었다. 변조된 목소리가 "네 앞에 상자가 있어. 그 안에 있는 게 총일까 봐 두렵니, 칼일까 봐 두렵니?"라고 물었다. 류의 엄마는 둘 다일까 봐 두렵다고 했다. 변조된 목소리는 알겠다고 하더니 류의 엄마를 차에 태웠다. 나중에 전해 들은 바로는 그 안에는 아무것도 없었다고 한다. 류의 엄마가 '총과 칼일까 봐 걱정된다'는 것은 류의 엄마가 '대리자'라면 총도 칼도 아니라는 것이 된다. 그러나 사람들은 둘 중 하나를 택하라고 하면 보통 하나는 고르게 된다고, 그렇기 때문에 이런 테스트를 한다고 류의 엄마를 납치한 사람은 말했다.

자신 말고도 수많은 대리자가 있다는 것을 류의 엄마는 그 '시설'에서 알았다. 시설에서는 학교도 보내 주고, 필요한 지원은 무엇이든 해 주었다. 류의 엄마는 자신의 부모가 자신을 찾을까 봐 걱정했다. 그러나 그 생각은 '자신을 찾지 않는다'는 현실을 뜻했다. 어린 대리자들은 종종 걱정이 많고 쓸데없이 예민한 아이로 취급받았다. 걱정은 많은데, 그 걱정은 하나같이 터무니없는 일인 아이들이었다. 정말로 위험한 일에는 걱정을 하지 않아서 일이 터진 이후에 지나치게 무감각한 반응을 보이기도 했다. 류의 엄마가 아직 어릴 때, 동생을 돌볼 때 항상 "너는 걱정도 안 되니?" "왜 그런 걸 걱정해?"라는 말을 들었던 건 그래서였다. 일어나지 않을 일만 걱정하는 사람이라. 일어날 일은 걱정하지 않는 사람이라.

어린 대리자들은 그것을 감출 만큼 침착하지 못했고 울며 불며 양육자를 힘들게 했다. 그래서 자신이 사라졌을 때 차라리 부모는 기뻐했을 거라고 류의 엄마는 나중에 류에게 말해 주었다.

납치한 사람들이 어떻게 자신이 대리자인 걸 알았는지, 류의 엄마 스스로도 신기했다. 납치되고 일 년쯤 지났을 땐 자신이 이제 돌아갈 곳이 없다는 걸 알았다. 가족은 자신을 찾지 않았다. 미성년의 몸으로 밖에 나가서 살 수 있을까? 항성이 가까워 오는 이 시점에? 늘 필요한 만큼의 수증기가 제공되는 곳에서 류의 엄마는 시키는 일을 했다. 성인이 되자 류의 엄마에겐 선택권이 주어졌다. 여기서 나가서 개인의 삶을 살며 계속 일할 건지, 시설에서 계속 머무를 건지.

"어쨌든 시설의 말을 들어야 하는 거네요."

류의 엄마가 말했을 때 시설 사람은 대답했다.

"귀한 능력자를 밖으로 내보내는 것도 솔직히 싫은 일이야. 하지만 밖으로 나가는 자유 정도는 허락해 주지. 원래는 성인이 되어도 밖으로 내보내지 않았는데, 성인 대리자는 그렇게 하면 미쳐 버리는 경우가 많다더군. 그래서 원하는 경우엔 밖에 나가 살 수 있도록 해 주고 있어."

"시설과 관계를 끊고 도망치려고 하면 날 죽일 건가요?"

그 말에 시설 사람은 피식 웃었어.

"걱정 안 되지?"

류의 엄마는 순순히 대답했다.

"네. 죽는 걱정이 안 되는 거 보면, 당신들은 날 죽이겠죠."

"그래."

그렇게 나와서 류의 엄마는 인공수정으로 아이를 낳았다. 아이는 필요하다고 생각했다. 미치지 않으려면, 정신을 단단히 다잡고 살아가려면 자신이 전폭적인 사랑을 쏟아 줄 무언가가 필요했다. 사랑이란 감정을 배울 수 없던 시설에서 긴 시간을 보낸 자신이 아이를 낳고 돌볼 수 있을까 걱정되었지만, 세쌍둥이를 낳은 순간 '이 아이들이 나를 지킬 것'이라는 확신이 들었다.

지병을 가지고 태어난 셋 중 둘이 죽었을 때는 슬펐다. 하지만 단 한 명이라도 지킬 수 있다면 지키고 싶었다. 서로 살기 위해 필요하다면 그것도 사랑이지. 류의 엄마는 그렇게 스스로를 다독이며 류을 키웠다. 수술을 하고, 보조기구를 끼우고, 아이가 시간을 되돌리는 인과율자라는 것을 알아 가며. 류이 자라는 동안 항성이 가까워지는 것은 멈췄지만 수증기는 늘 조금씩 부족했다.

엄마와 류이 다투게 된 것은 중앙청에서 날아온 '인과율자 규율 위반 통지서' 때문이었다. 류은 허락 없이 한계치인 닷새까지 시간을 돌렸다. 통지서에는 '규율 위반으로 인한 혼란은 감지되지 않았지만, 재발 시 페널티를 부과한다'고 적혀 있었다. 어린 인과율자들은 한 번쯤 겪고 지나가는 일이기도 하다고 인과율자 부모 커뮤니티에서는 말했다. 한 번쯤 자기 능력을 써 보고 싶고, 능력을 쓰고 되돌리기 전과 똑같이 하루하루를 지내서 큰 변이만 안 일으키면 되는 거라고.

그 나이 애들이 시간을 되돌려서 하는 일이라곤 시험 점수 조작 정도밖에 더 있겠어요. 그것도 상위 인과율자가 보면 다 발각돼요. 너무 걱정 말아요. 커뮤니티에는 아이가 규율 위반 통지서를 받은 부모를 위로하는 글로 가득했다. 그러나 류이 시간을 닷새나 돌려서 한 일은 자신의 엄마가 집을 비운 사이, 엄마와 시설 사이의 통신기록을 빼내 과학자의 경호를 완수한 걸 알아낸 일이었다. 류은 멍하니 시간이 그냥 흘러가게 놔두었다. 엄마가, 세상에 하나뿐인 내 가족이 '불평등을 부추기는' 사람들의 편에 선다는 걸 알았을 때 어떻게 해야 할지 몰랐다. 불평등을 부추기는 것이 단순한 일이 아니라, 수증기 부족 지역에 사는 류의 친구들이 하나둘 수증기 부족으로 뇌의 기능을 잃어 가는 것을 묵인하는 일이라는 걸 류은 알고 있었다.

류이 시간을 돌리기로 결심한 그날은 류과 같은 반 친구가 수증기 부족으로 장기간 뇌사 상태에 빠져 있다 숨을 거둔 날이었다.

시간을 돌려 닷새를 보내고 나자 류은 어디서부터 어디까지 화를 내야 할지 알 수 없었다. 엄마가 그렇게까지 해서 돈을 벌어야 하는 이유가 자신이라는 걸 알기 때문이기도 했다. 엄마가 자신을 얼마나 사랑하는지 류은 알았다. 세쌍둥이로 태어나 홀로 살아남은 만큼 세 명 몫까지 살아 달라고 엄마가 늘 기도하는 것을 알았다.

그렇지만 통지서가 왔을 때 류은 화를 낼 수밖에 없었다. 무슨 일을 했냐는 질문에 '엄마가 무슨 일을 하는지 알고 싶었다'고 대답했다. '어디까지 알아봤냐'는 엄마의 말에는 '엄마가 아가미족 편에 선 것까지'라고 대답했다. 울컥, 속이 뜨거워졌다.

"엄마 때문에 이 지구는 아가미족 손에 넘어갈 거야."

류의 말에 엄마는 허탈하게 웃었다.

"그 사람들 돈이 없으면 우리는 먹고살 수 없어."

3년이 흘렀다. 수증기 부족 지역은 해가 갈수록 넓어졌다. 이 행성에 언제 바닷물이 있었는가 싶을 정도였다. 엄마는 그

뒤 일을 줄였다. 과학자의 경호 한 번으로 들어온 돈은 수증기가 풍부한 지역으로 이사를 가고도 많이 남는다고 했다. 류은 이 지역에 남겠다고 고집을 부렸다. 수증기 부족 심각, 적색지대에.

류이 다녔던 학교는 폐쇄되었다. 바다생물 중 대부분이 멸종을 맞이했다. 원래대로라면 졸업식이 되었을 날, 류과 엄마는 단둘이 마주 앉았다.

"그날, 얼마나 많은 암살 시도가 있었는지 아니?"

류은 고개를 저었다.

"대부분은 과학자를 죽이려는 시도였지만, 나를 죽이려는 시도도 굉장히 많았어."

류은 고개를 들었다.

"내가 노출되었다는 뜻이야. 그래서 일을 줄였지."

엄마는 류의 손을 잡지도, 어깨를 끌어안지도 않았다. 류은 주머니에 늘 넣고 다니는, 뾰족한 수증기 호흡 보조용 관을 만지작거렸다.

"엄마는 너를 위해 살았어. 너는 내가 많이 밉지?"

"미워."

류은 주머니 안에서 주먹을 쥐며 물었다.

"내가 엄마 죽일까 봐 걱정돼?"

엄마는 고개를 저었다.

"모르겠어. 일어날 일은 걱정할 수 없잖니. 그래서 요즘은 아무 걱정도 안 들어. 내가 죽을까 봐 두렵지도 않아."

엄마는 미소 지으며 륜의 손을 잡았다.

"엄마는 네가 없으면 살 수 없는데, 너는 엄마가 없어도 살 수 있는 나이가 되었네. 우리 인과율자, 나는 네가 자랑스러워. 물론 죽음은 두렵지. 그건 걱정과는 다른 거야. 엄마는 네가 오래오래 행복하게 사는 걸 지켜보고 싶어."

엄마는 륜의 손을 놓고 일어섰다.

"한동안 밖에 안 나갈 거야. 잘 설명할 수는 없지만…… 억울하게 죽은 것들이 나를 노리는 것 같아. 시큼하고 텁텁해."

륜과 엄마는 집 안에서 지냈다. 죽은 목숨들의 값으로 산 물건들이 집 안의 습도를 넉넉히 유지해 주었다. 3주가 넘자 밤중에 문이 부서지는 소리가 들렸다. 잠들지 않고 깨어 있던 륜은 더 이상 목에 꽂지 않아도 되는 관을 들고 침입자를 맞이했다. 침입자는 륜도 알고 있는 사람이었다. 수증기 부족 합병증으로 죽은 친구의 형제였다. 륜은 그에게 말했다.

"난 인과율자야. 알고 있지? 넌 나를 죽이러 온 거야, 우리 엄마를 죽이러 온 거야?"

침입자의 눈동자가 흔들렸다. 침입자가 떨리는 목소리로

대답했다.

"둘 다…… 내가 너네 어머니를 죽여도, 네가 시간을 돌려서 살려 내면 그만이잖아."

"그럼 나를 먼저 죽여야 되지?"

침입자는 흉기로 가져온 단도를 들었다. 류은 허공에 대고 하, 숨을 들이쉰 후 말했다.

"내가 엄마를 죽일게. 네가 지켜보고 가. 나를 죽이든 말든, 그건 그때 가서 네가 정해."

류과 침입자는 조용히 엄마의 방으로 들어갔다. 엄마는 깊이 잠들어 있었다. 어디를 찔러야 할지, 류은 알고 있었다. 류이 스스로 호흡을 할 수 있게 관을 쥐여 주던 그날 엄마는 급소도 알려 주었다.

류은 관을 든 손을 높이 치켜들고, 강하게 내리꽂았다. 관 밖으로 피가 뿜어져 나왔다. 맑은 피였다. 류이 침입자를 향해 돌아섰다.

"이제 맘대로 해."

침입자는 엄마의 맥박을 짚어 보고 류을 두고 나갔다. 류은 엄마의 시체 곁에서 이틀쯤 머물렀다. 그리고 밖으로 나왔다. 공기가 바짝 말라 있었다. 아무 가게나 들어가서 휴대용 수증기 발생기를 사서 뒤집어썼다. 이제 이 발생기는 너무나 흔한 물건이 되었다. 류이 관 삽입을 위한 수술을 받기 전처럼 들숨과 날숨이 뻑뻑했다. 거리를 걸어도 아무도 류에게 말 한마디 건네지 않았다. 알던 사람들도, 모르는 사람들도.

그리고 베이를 만났다.

5

멸망을 면하는 방법이

"베이, 너네 지구는 어떻게…… 됐어?"

'세상 망했어'라는 말을 입에 달고 살던 유리였지만 실제로 너희 지구가 어떻게 망했느냐는 말을 꺼내기는 쉽지 않았다. 베이는 두 번째 화면으로 다시 모니터를 조종했다. 사람이 사람을 뜯어먹는 모습. 자세히 들여다본다면 이 지구의 사람과 완전히 동일한 모습이 아니라는 것을 알 수 있었다. 그러나 사방에서 서로가 서로를 물어뜯으며 눈물을 흘리는 것을 보면 이것이 우리가 말하는 '사람'과 무엇이 다른지 둘러댈 수 없었다. 베이는 뻐딱하게 턱을 괴고 말했다.

"잡아먹는 거 아니야. 이 바이러스는 서로 물어뜯게 만들어서 딱 한 입씩 맛보면 그걸로 만족해. 물론 그 과정에서 몸 안으로 바이러스가 옮겨 가긴 하지."

진이 다시 베이의 옆구리를 쿡 찔렀다.

"그만 웃어. 억지로 웃으면 지구인 신체 망가지는 거 알잖아. 너 지금 입 한쪽 찢어져서 귓불 근처까지 갔어."

유리는 그 말에 놀라 베이를 바라보고 입을 틀어막았다. 한쪽 입꼬리만 길게 찢어져 얼기설기 엮인 그물처럼 내부가 보이고 있었다. 차라리 피라도 흐르면 덜 기괴했을 것. 유리의 표정을 보고 베이가 손가락으로 찢어진 입가를 몇 번 문질렀다. 금세 다시 보통 크기의 입술로 바뀌는 베이의 얼굴을 보며 유리는 이들이 무슨 말을 할지 충분히 짐작했다.

"너네는, 시아를…… 죽일 거야?"

"그러려고 왔지."

"다섯 명이나 덤벼들 만큼 그 애가 강해?"

"지금은 강하지 않지. 하지만 강해질 거야. 내가 본 이 별의 파멸, 그러니까 네가 꾸는 예지몽 같은 데서 이 지구가 망하는 시점은 너네 둘이 만나고 3년 이내라고 했잖아."

유리는 울컥 화가 치솟았다.

"그럼 왜 내가 손시아를 만나게 했어? 너네가 이름만 묻지 않았어도, 난 걔한테 관심 하나 안 줬을 텐데. 너네가 부추긴 거나 마찬가지잖아!"

토토가 조용히 유리에게 말을 건넸다.

"너네라고 하지 마. 너도 우리야. 우리는 너고. 타인에게 대하듯 책임을 넘기려고 네가 우리를 부르진 않았겠지."

유리가 움찔하자 토토는 말을 이어 갔다.

"여기 있는 우리는 자기가 살던 지구가 망하거나, 우리의 손시아를 죽여서 지구를 구했어. 너는 네가 할 수 있는 일이 있는데도 지구가 망하게 둘 수 있어? 단 한 사람 때문에? 세상 모든 생명이 진흙탕에서 숨 막혀 죽어 가는 꼴을 볼 수 있어?"

구석으로 몰린 유리를 류이 보았다.

"너, 예지몽 꾼다고 했지. 나쁜 사건을 막으려고 애써 본 적 없어?"

있었다.

"막을 수 있었어?"

없었다.

"그러면 할 수 있는 일이 뭐라도 있을 때 매달리는 마음, 충분히 알지 않아?"

명치를 거대한 못으로 찔린 것처럼 아팠다. 유리는 황급히 카운터로 가서 물 한 잔을 달라고 한 후 단숨에 마셨다. 호흡이 조금 가라앉았다. 입가를 닦은 유리는 다시 자리에 와 앉았다.

"베이, 망해 버린 지구들에서, 시아는 어떻게 됐어?"

유리가 묻자 베이는 허공을 잠시 쳐다보았다.

"정신을, 걱정을 놓아 버렸어. 아무 걱정도 할 수 없는 상태가 되었어. 방향은 조금 달랐지만 목적지는 같았어. 스스로 그 길을 택했어."

"죽었구나."

유리는 이미 알고 있던 해답을 입 밖으로 내밀었다.

"그렇게 되기까지…… 내 시아가 하루하루 변해 가는 걸 보
는 것도 즐겁진 않았어."

베이가 손가락으로 테이블 위를 문질렀다. 기억을 지우려
는 듯이.

그 후로는 베이가 줄곧 대화를 주도했다. 토토가 그나마 맞
장구를 치는 정도였고 류과 진은 자신들끼리 낮은 목소리로
대화했다. 렌은 탁자에 엎드렸다. 시내 카페는 작지 않았지만
혹여나 두 시간도 넘게 앉아 있는 '우리'를 누가 보면 어쩌지
싶어 유리는 내심 불안했다.

"렌은 여기 오면 안 됐던 거 아냐?"

쌍둥이 동생을 스스로 죽여야 했다는 말을 들은 이후부터
유리는 거북함을 거둘 수 없었다. 동생을 죽인 것에 대한 거
북함이 아니라, 동생을 죽이도록 이 사람들이, '나'들이 종용
하고 끌고 갔으리라는 짐작 때문이었다. 게다가 '내가 뭔가
했더라면' '하지 않았더라면'이라는 가정 아래에서 후회를 반
복하는 눈동자는 유리의 눈동자기도 했다. 예지몽이라는 능
력. 그것을 막아야 할지, 막지 말아야 할지 갈팡질팡하다가

지나가는 시간.

"혼자 놔두기엔 상태가 영 안 좋잖아. 일단 어느 세계든 시아가 주도적 범죄자는 아니거든. 방관자도 아니고. 그냥 지나가다 차를 도둑맞았는데 그 차가 사람을 친 것에 가깝지. 그렇기 때문에 우리는 각자의 시아를 죽일 수 있었던 거야. 시아가 적극적으로 저항했으면 지구 다 망했어."

유리가 한숨을 쉬었다.

"내 말은 그게 아니라, 렌을 병원에 데려가라는 소리야."

"이쪽 지구에는 기억을 지우는 병원도 있어?"

농담조로 나오는 베이에게 유리는 힐난하는 눈으로 대답을 대신했다. 베이는 머쓱한 표정으로 말했다.

"자기가 따라왔어. 얘네 다, 내가 억지로 끌고 온 거 아니라고. 평행우주 여행 심사 조건이 얼마나 까다로운지 알아? 특히 자의로 떠나는지를 얼마나 꼼꼼하게 탐색하는데."

"우리 지구는 아직 평행우주 여행이 가능한 레벨이 아니라 모르겠네."

유리는 대답하면서도 렌 쪽으로 고개를 돌렸다. 엎드린 렌이 고개를 힐끔 들어 유리를 보고 다시 엎드렸다. 이제 나흘째. 유리는 차라리 렌이 발목을 잡아 줘서 시아가 다치는 일을 막았으면 좋겠다고 생각했다.

"싫어."

유리의 생각이 얼굴에 그대로 드러났는지, 렌은 짧게 대답하고 다시 고개를 팔 안에 완전히 묻어 버렸다.

"다른 '시아' 이야기도 들려줘."

유리는 최대한 시간을 끌어 보기로 했다. 시아가 이 상황을 알아차리고 걱정하길 기대하려면 다른 방법이 없었다. 이 '우리'가 직접 시아를 해치지 못하는 이유가 분명히 있을 것 같다는 확신이 들었다. 시간을 돌리고 손을 기계로 바꾸고 두 갈래 길에서 언제나 맞는 길을 고르는 초능력자 집단이 손대지 못하는 이유. 그리고 어쩌면 자신들의 '시아' 이야기를 하면서 조금은 측은지심이 되살아나, 누군가 한 명이 시아를 죽일 필요가 없다고 설득할지도 모른다는 기대가 다시 피어올랐다. 이건 말도 안 된다. 하다못해 단 일 년이라도 지켜보자는 설득을 할 수 있을지도 몰랐다. 유리가 자세를 가다듬자 토토가 입을 열었다.

"살생담이 궁금해?"

비난보다는 흥미롭다는 뉘앙스였다. 유리는 황급히 고개를 저었다. 물론 무서운 이야기, 끔찍한 이야기를 들으며 '내게 다가올 리 없는 공포'를 누리는 게 재밌을 때도 있지만 그건 어디까지나 창작된 이야기에 속했다. 실화 괴담을 좋아한 적은 단 한 번도 없었다.

"평행지구라고 해도 발달이나 종족이 다 다르잖아. 그래서 너희가 사는 곳 이야기가 듣고 싶어. 꼭 시아 이야기가 아니라도 좋으니까. 너넨 여기 여행까지 왔는데 나는 거기 갈 수도 없잖아."

"정보 불평등을 해소하는 차원에서 나쁘지 않네."

토토가 씩 웃더니 몸을 살짝 뒤로 기댔다. 토토는 나른한 목소리로 이야기를 시작했다.

"그럼 내 얘기부터 할게."

토토는 옛날을 떠올리는 듯 살짝 이마에 주름을 잡았다.

"우리 지구에서는 네발동물과 두발동물이 공존해. 평등하게 살아간다는 이야기야. 언어를 구사하건 하지 못하건, 서로에게 마음이 있다는 걸 존중해. 다리 개수를 넘어서 사랑에 빠지기도 하지. 하지만 뭐 어때? 두발동물은 도구를 사용하는 데 뛰어나고, 네발동물은 직감이 아주 예리해. 나는 두발동물이었고 시아는 네발동물이었어. 시아 말고 개한테도 이름이 있는데…… 시아라고 자꾸 부르려니 어색하네."

유리는 꿀꺽 침을 삼켰다. 시아에 대한 친밀감이 생길지도 모르는 순간이었다.

하지만 그 기대는 토토의 다음 말에 산산이 부서졌다.

"우리 지구는 망하지 않았어. 이건 내가 시아를 죽였다는 뜻이지. 베이가 찾아왔냐고? 아니, 내가 먼저 알았어."

5.5

토토의 경우

대리자, 대리 걱정 능력자, 대적자. 뭐라고 불러도 상관없었다. 토토에게 시아는 그저 시아였다. 유리를 처음 보았을 때, 자신보다는 오히려 시아를 더 닮았다는 생각이 먼저 들었다. 예민한 동물. 직감이 강한 동물. 토토는 두발동물이었고 토토의 시아는 네발동물이었다. 그렇다고 해서 이 지구처럼 한쪽이 일방적으로 다른 쪽을 지배하는 관계는 아니었다. 오히려 토토의 지구는 이 지구에 비하면 평등할 정도였다. 서로의 대표자가 있었고 협의를 통해 많은 일을 결정했다.

두발동물과 네발동물이 사귀는 것도 흔한 일이었다. 그러나 두발동물이 두발동물을 죽이는 것보다 네발동물을 죽이는 것이 더 적은 처벌을 받았다. 네발동물도 마찬가지였다. 서로가 서로를 잘 모르기 때문에 작은 잘못이 서로에 대한 죽임으로 이어지는 일이 흔했다. 그래도 토토는 그 지구에서 시아와 함께 있으면 행복했다. 시아의 등에 업혀 잠들기도 하고, 시아가 토토의 빗질을 받으며 웃기도 했다. 함께 행복한 만큼 함께 불행하기도 했다.

"네 초능력이 나에게 있었으면 더 나았을 텐데."

토토는 가쁘게 색색거리는 시아의 숨소리를 들으며 중얼거렸다. 시아는 간이 호흡기를 끼고 있었다. 호흡기 끝에는 정신을 편안하게 해 주는 약품이 들어 있었다. 일어나지 않을 모든 일을 걱정하는 초능력이 어떤 기분일지 토토는 상상하고 싶지 않았다. 시아는 한밤중에 일어나 토토를 껴안고 자주 울었다.

"네가 죽을까 봐 걱정돼. 시장에 불이 날까 봐 걱정돼. 내가 길을 걷다 살해당할까 봐 걱정돼. 어제 만난 친구를 다시는 못 볼까 봐 걱정돼. 이런 내가 한심하지. 나도 알아. 그런데 어떻게 할 수가 없어."

그 모든 일은 일어나지 않을 일이었지만 걱정과 고통이 시아를 비껴가지는 않았다. 토토가 할 수 있는 일이라고는 시아의 등을 쓰다듬으며 괜찮다고, 괜찮다고 말하는 일밖에 없었다. 과연 그 위로가 가닿을 수나 있을까 반쯤 냉소하면서. 눈물은 간신히 쌓아 올린 안심의 장벽을 너무나 빨리 녹였다. 약을 먹지 않을 거라고 버티던 시아는 결국 토토와 함께 약 처방을 받으러 갔다.

약은 쉽게 나왔다. 걱정에 짓눌리며 살던 밤들에 비해 너무

나 짧은 시간 안에 검사가 끝났다.

시아에게 약물을 처방해 주며 의사는 말했다. 원래 네발동물이 두발동물보다 예민하다고. 운이 나쁘게도 시아 자신이 감당하기에는 너무 힘든 초능력이 있는 거라고. 초능력자는 지구에 흔했지만 모두가 자기 초능력을 잘 감당하며 사는 것은 아니었다. 토토는 자신이 시아에게 위로가 되어서 다행이라고 생각했다. 한 통, 두 통, 약품의 처방량이 점점 늘어나고 시아가 괴로워하는 것을 보면서도 자신이 시아를 지켜 줄 수 있다고 믿었다.

시아가 자신의 초능력으로 일을 하는 경우는 드물었다. 시아만 가지고 있는 능력도 아닌데 굳이 정신이 불안정한 네발동물에게 일을 맡길 상대는 흔하지 않았다.

"걱정해도 돼. 내가 여기 있을게."

역중력 능력으로 건설이나 사고 현장 도우미를 하면서 자신이 시아를 먹여 살릴 수 있다고 토토는 믿었다. 시아가 언젠가는 좀 더 편해지리라고 믿었다. 그러나 시아가 일이 들어왔다고 들떠서 토토에게 말한 날, 토토는 자신의 생각이 틀렸다고 인정해야 했다.

"약을 대 준대. 임상시험 중인데, 지금 받는 약하고는 비교도 안 되게 좋은 약이래. 지금 거래가 큰 게 걸렸는데 노리는 상대가 많다고, 무사히 거래만 끝나게 해 주면 평생 약을 대 주겠대."

"평생 약을 받겠다고?"

기쁜 시아의 목소리와 달리 토토의 목소리는 날카로워졌다.

"약을 안 먹고 사는 게 꿈이 아니라, 더 센 약을 먹는 게 꿈이었어?"

토토는 아찔해졌다. 애초에 약을 처방받으라고 권장한 쪽은 토토 자신이었다. 약 기운으로 곤히 잠들거나 환하게 웃는 시아를 보면 행복하기도 했다. 그런데 이제 완전히 약에 의존하겠다고 하는 시아를 비난하는 자신을 토토도 이해할 수가 없었다. 이해할 수 없기에 시아가 나쁜 거라고, 약한 거라고 생각하는 게 편했다. 비아냥거리고 비난했다. 토토가 비난하자 시아가 네 발로 버티고 서서 으르렁거렸다.

"어쩔 수 없잖아! 나는 이렇게 태어났는데. 내가 살 방식을 내가 고르는 게 뭐가 나빠?"

토토는 그런 시아에게 말할 수 없었다. 어느새 더 큰 꿈을 꾸게 되었다고. 처음에는 약을 얼마나 먹더라도 좋으니 괴로워하지 않는 것만이 소원이었는데. 변해 버렸다고. 나는 네가 약을 안 먹고, 나와 맨정신으로 살아가는 게 꿈이라고. 걱정에 놀라 울부짖는 대신, 이런 걱정이 든다고 소곤소곤 이야기하며 지내고 싶었다고.

약에 취한 시아는 그곳에 있어도 그곳에 없는 것 같았다. 걱정조차 할 수 없게 정신을 비워 버린 시아. 그때 시아에게 기대면 영혼이 사라진 바윗덩이를 끌어안고 있는 기분이었다. 심장이 미친 듯 뛰는데도. 가쁜 숨 때문에 입가에 생긴 거품이 채 가시지 않았는데도. 더 강한 약을 받으면 시아가 더 멀리 떠나 버릴 것 같았다.

"나는 둔감해지고 싶어! 너처럼!"

시아의 한 마디 한 마디가 못이 되어 토토의 마음에 박혔다. 둔감해지고 싶다니. 토토는 자신이 시아에게 그런 존재로 보였다는 사실에, 예리한 지성과 농담을 모두 포기하겠다는 시아의 마음에 난도질당했다.

"그래야만 살 수 있어?"

토토가 웃으며 물었다. 입안 살을 짓씹으며. 피가 고였다. 시아에게는 충분히 피 냄새가 전해질 터였다. 시아가 코를 찡그리면서도 엎드려 고개를 돌렸다.

"너는 나를 몰라. 우린 다르게 태어났으니까."

토토는 손등으로 입가를 닦았다. 피가 묻어났다.

"그 일 하지 마. 의사는 지금 우리가 처방받는 약보다 강한 건 없다고 했어. 그 이상 가면 그냥 생각을 그만두게 만드는 환각제나 중독성 마약밖에 없댔어. 너, 지금 맡는다는 그 일 정말 정상적인 약물 맞아?"

시아는 토토를 보지 않았다.

"마약인 거 알면서도 그러는 거야?"

시아가 천천히 고개를 돌려 토토를 보았다.

"그래."

이렇게나 망가질 때까지 자신은 뭘 했나, 토토는 어이가 없어 웃음이 나왔다. 시아의 방으로 들어가 약통을 뒤집자 처방받지 않은 약이 한가득 들어 있었다. 어설픈 포장에 제대로 정제되지 않은 덩어리. 제대로 된 약일 리가 없었다.

"이미 해 본 거야?"

약통을 들고 나온 토토에게 시아는 아무 말 없이 고개만 끄덕였다.

"너 알잖아. 이게 너한테 약 대 주는 정도로 끝날 일 아닌 거. 이 정도 약은 너한테나 정신을 좀 편하게 하는 거지, 다른 네발동물이든 두발동물이든 완전히 죽은 것처럼 정신을 놓게 만들 수 있어. 네가 거래를 성사시키도록 도와주면, 무슨 일이 일어날지 알잖아. 옛날에 네가 약 처방 처음 받았을 때, 내가 하나만 먹어 보고 싶다고 하니까 너 뭐랬어? 절대 안 된다며?"

토토의 마지막 말에는 울음이 섞였다. 토토가 약통에서 꺼 낸 덩어리 하나를 손에 올려놓았다. 새끼손톱보다 조금 작았 다. 토토는 그 손을 내밀며 물었다.

"내가 먹으면 어떻게 되는데? 나도 편해지고 싶을 때가 있 어. 그러면 이거 먹어도 돼?"

시아의 앞발이 재빠르게 토토의 손에 들린 덩어리를 쳐 냈 다. 토토의 손바닥에 생채기가 나고 바닥에 가루가 흩어졌다. 시아는 한숨을 내쉬며 가루를 흩어 버렸다.

"물로 닦아 내. 네가 흡입하면 환각 정도로 안 끝나. 정말 죽을 수도 있어."

"그것 봐."

토토의 얼굴이 일그러졌다.

"정말 위험한 거잖아."

그날 밤 토토는 시아의 방에서 나는 호흡기 소리를 들었다. 시아의 두 눈은 풀려 있었고, 아무렇게나 부순 덩어리 몇 개 가 흡입기에 들어가 있었다. 토토는 조용히 다가가 시아의 코 와 입에서 호흡기를 떼어 냈다. 시아가 그르륵, 소리를 내며 흰 거품을 토했다. 토토가 옷자락으로 거품을 닦아 주자 멍한 시아의 눈동자가 토토를 보았다. 이리저리 흔들리면서도 필 사적으로 토토를 담으려 애썼다. 시아가 말을 더듬거렸다.

"나, 네 손에 죽는 게 제일 나을 거 같아."

"그런 말 하지 마."

"약을 끊을 자신이 없어. 내일이 거래를 도와주기로 한 날이야. 내가 안 도우면 브로커는 잡혀갈 거야. 내가 거래에 끼어들지 않게 하려면, 방법이 없어. 한 번 거래로 끝나지 않을 거니까. 분명 계속, 계속 내 능력과 약을 저울질하게 될 테니까. 그러고 싶지 않아."

토토가 시아의 앞발을 자신의 볼에 가져다 댔다. 차디찼다.

"정말로 그러길 원해?"

시아가 컥, 다시 거품을 토했다.

"미쳐서 날뛰다 사살되거나, 너를 해치는 것보단…… 네가 싫어하는 일을 하게 되는 것보단…… 그게 나에겐 훨씬…… 나은…… 일이야."

토토가 시아의 앞발을 놓았다.

"알았어."

바닥을 부드러운 수건으로 닦고, 시아의 고개를 옆으로 누이며 토토는 다정하게 속삭였다.

"내가 해 주고 싶은 건 수없이 많았는데, 해 줄 수 있는 건 이것뿐이네."

준비가 필요했다. 마음의 준비도, 몸의 준비도. 날붙이를 쓸 수는 없었다. 아무리 힘이 없어도 시아는 네발동물이다. 위협이 되는 즉시 토토를 찢어 버릴 수 있었다. 그러면 남은 힘은 역중력 능력뿐이었다. 토토는 물을 틀어 놓고 소리 죽여 울었다. 꿈꾸는 행복이 서로 다른 것이 이렇게도 끔찍할 수 있다는 사실에 무너지면서.

역중력을 집 안에서 사용할 수는 없었다. 천장과 온 벽에 피를 흩뿌리게 될 게 뻔했다. 시아는 토토를 태우고 비틀거리면서도 멀리 달려갔다. 도착한 곳은 잔디가 푸르게 자란 벌판이었다. 소풍을 오면 딱 좋을 곳이었다. 토토는 시아의 등에서 내려 시아의 이마를 쓰다듬었다.

"좋은 곳을 찾았네."

시아는 온몸에 힘이 빠진 듯 길게 늘어졌다.

토토는 더 이상 시아에게 말을 걸지 않기로 했다. 그 대신 약을 주었다. 차라리 환각 상태에서 살해당하는 것이 시아에게 행복한 길일 것 같았다. 시아는 생각보다 훨씬 무거웠다. 토토는 온 집중력을 다해서 시아를 하늘 높이 띄워 올렸다. 십 미터 정도 허공에 뜬 시아의 몸을 보며 토토는 그대로 역중력을 풀었다. 퍽, 하는 둔탁한 소리가 나고 시아의 울부짖음이 토토의 귀를 찢었다. 시아는 살아 있었다. 토토는 황급히 주위를 둘러봤지만 이 살생을 도와줄 나무도, 바위도 보이지 않았다. 사방은 그저 푸르고 푸르기만 했다. 흙조차 부드러웠다. 토토는 다시 정신을 집중했다.

또 한 번, 시아의 몸이 허공에서 땅으로 곤두박질쳤다.

부러진 뼈가 가죽을 뚫었는지 피가 솟구쳤다. 시아는 괴로워하면서도 정신을 잃지 않았다.

"왜지."

이러면 죽을 줄 알았는데……. 나는 이렇게 하면 죽어 버리는데.

또 한 번,

퍽. 땅을 때리는 소리. 우두둑, 뼈가 부러지는 소리.

또다시.

허공에 높게 들린 시아의 뒷다리가 덜렁거렸다. 탈골된 모양이었다.

퍽. 다리 하나가 거의 찢겨 나갈 지경인데도 시아는 신음을 흘렸다.

"어떻게 해……."

토토는 시아에게 다가갔다. 시아가 뻐끔거리며 무언가 말하려 했다. 이미 뼛조각이 폐를 찔렀는지 바람 새는 소리만 났다. 토토는 온몸으로 시아를 끌어안았다.

"왜, 왜 안 죽어."

더 이상 시아를 높이 들어 올릴 힘은 토토에게도 없었다. 토토는 엎드린 시아에게 올라타 단단히 목뒤를 잡아 눌렀다. 정신을 잃게 해야 하는데, 어떻게 해야 할지 방법을 알 수가 없었다. 도리질 치는 시아의 머리를 자신의 가슴으로 누르며 토토는 혈관을 역류시켰다. 흐르던 피가 빠르게 줄어들었다. 동맥이 불뚝불뚝 튀어 올라 가죽 위로 불거졌다. 그래도 시아의 눈은 감기지 않았다. 네 발에 감췄던 발톱이 튀어나왔다. 고통을 그대로 느끼고 있다는 증거였다. 토토는 울면서 시아의 폐를 등 쪽으로 들어 올렸다. 부러진 갈비뼈가 그대로 폐를 꿰었다. 입에서 헉헉거리는 바람 소리를 내며 시아는 발버둥 쳤다. 발톱이 토토의 다리를 움켜잡아 찢었다. 토토가 놀라 힘을 푼 사이 시아는 온 힘을 다해 토토가 굴러떨어지게 몸을 뒤집었다. 앞발로 머리를 감싸고 몸을 웅크린 채 헛바람 소리를 냈다. 토토는 이를 악물고 시아의 심장을 잡아당겼다. 동맥과 정맥이 팽팽하게 당겨졌다. 펄떡이며 뛰는 심장이 손 안에 느껴졌다.

"허억……."

시아가 심장과 함께 토토에게로 끌려 왔다.

죽여야 하는데. 이미 늦었는데.

"제발 오지 마."

눈물샘만은 아직 그대로인지, 시아의 얼굴이 온통 눈물로 젖어 있었다. 시아는 토토에게서 두세 걸음 떨어진 곳에 멈췄다. 토토가 다가가 시아의 머리를 껴안았다. 토토는 머리를 역중력으로 힘껏 들어 올렸다. 목뼈가 부러지는 소리가 고스란히 토토에게 전해졌다.

"역중력을 쓰면 손안에 그게 느껴져. 펄떡이는 동맥을 잡아 비틀 때의 느낌을 알아. 혹시라도 살아날까 봐, 뭉글뭉글한 뇌 안에 손가락을 푹푹 박아 넣어 신경을 끊어 버리는 느낌을 알아. 나와 같이 먹은 음식물이 가득한 위장을 짓눌러 으깨고 터뜨리는 느낌을 알아. 너도 알고 싶어? 동맥을 이렇게 꽉 잡으면, 손안에서 병아리처럼 파드득거린다? 혈류는 어제의 흐름을 그대로 재현하려고 애쓰고, 나는 혈류에게 내일이 없을 거라는 걸 깨우쳐 주듯 역방향으로 거슬러 올라가. 점점 위로. 위로. 나는 다 알아. 네발동물의 네 다리가 얼마나 정교하게 설계되었는지. 네 개의 다리로 걷고 일하기 위해 뇌혈관이 얼마나 섬세하게 분포되었는지. 어디서 동맥이 뛰고, 어디서 혈관이 모이고, 어디서 껴안았을 때 가장 두근거리던 부위가 숨 쉬고 있는지.

그걸 내 손으로 다 부쉈어. 난 두발동물을 죽여 본 적 없지만, 두발동물 열 번을 죽이는 것보다 더 힘들었을 거야. 일이 다 끝났을 때, 시아는 이미 걱정을 할 수 없는 상태였고 브로커는 잡혀갔지."

6

그 모든 게

토토가 의자에서 몸을 일으켜 쭉 오른손을 뻗었다. 유리의
눈앞에서 토토는 천천히 주먹을 쥐었다. 여전히 웃음을 잃지
않은 채로. 유리의 겁먹은 표정을 보더니 토토는 주먹을 쥔
채 낮게 속삭였다.

"겨우 5개월이었어. 내가 시아를 사랑하고, 걱정하고, 죽이
기까지."

유리는 입안을 꽉 깨물었다. 듣는 게 아니었어. 짐작도 못
하겠어. 무슨 생각인지, 무슨 감정인지. 도저히 모르겠어. 이
해할 수 없어. 경험하지 못했어.

진이 하품을 하며 눈을 비볐다.

"애 울겠다. 뭐 그런 무서운 이야기를 해. 평등 사회에서 상
대방을 죽이고도 큰 죄가 아니라는 게 제일 놀랍지만."

"너네는 평등 사회가 아니었어?"

토토가 묻자 진은 알아맞혀 보라는 듯 두 손바닥을 위로 해
서 내밀었다.

"내가 네발동물에 가깝긴 하지. 그런데 내 지구의 시아는 수상동물이었거든. 수상동물은 평균적으로 지상 네발동물보다 지능이 낮다고 판단되기 때문에 시민권이 주어지지 않아. 그러니까 난 적어도 시민 살해는 하지 않았지."

"그래도 죽였단 얘기네."

"안 그러면 내 지구가 망하잖아. 시아가 얼마나 아름다운…… 어…… 뭐라고 하지, 머리 아래가 다리고 몸이 위에 있는 거? 다리 많고."

유리가 작은 소리로 대답했다.

"두족류. 오징어 같은 거."

진이 깔깔 웃으며 손뼉을 쳤다.

"그래. 두족류! 문어에 제일 가까웠을 거야. 다리도 여덟 개고. 엄청 컸지. 시아가 다리 두 개만 써서 날 껴안아도 내가 보이지도 않았다니까. 수상동물이라고 해도 물만 자주 뿌려주면 물 밖에서 데이트를 할 수도 있었는데, 진짜 황홀했어.

우리 지구에도 해가 있거든? 노을이 비치면 나랑 시아가 바닷가를 걸어. 그러면 저 위에서, 내 머리만 한 시아의 눈이 날 내려다봐. 번들거리는 점액을 바르고 다니니까 좀 끈적한 데이트이긴 했어. 그런데 그 점액이 햇빛을 반사하면 정말 아름답게 빛나거든. 아, 너넨 평생 모르겠다. 눈 가까이 가면 눈

하나에 내 얼굴이 거울처럼 반사되는 거. 눈물을 흘리면 한 방울에 내 윗몸이 다 젖고, 촉수 끝으로 내 머리카락을 만지면 목덜미를 타고 찌르르 전기가 흐르는 거. 끝내줬지."

"그래서 넌, 해체했어? 고기로 만들어 팔았어? 다리는 연구자한테 팔고?"

토토가 부루퉁한 목소리로 되묻자 진은 고개를 저었다.

"명색이 연인인데 그렇게 매정하게 끝낼 수 있나. 큰 잘못을 한 것도 아니고, 유조선을 지키려고 옆에 붙어 있었는데 적국에서 수상 병기로 착각하고 미사일을 발사했다고. 시아가 그게 유조선에 맞을까 봐 걱정했더니 무슨 일인지 몰라도 다시 튕겨 나가서 발사한 나라로 돌아갔을 뿐이야. 그래 놓고 펄펄 뛰며 전쟁이라니 무슨 꼴인지."

"나라 간의 외교 싸움에 희생되셨네."

토토가 말하자 진은 열렬히 고개를 끄덕였다.

"바로 그거야! 공개 처형을 하겠대. 허, 무슨 권리로? 그래서 해도 내가 한다고 했어. 가만히 눈 감고 모래사장으로 올라오라고 한 다음에 전신마취를 했어. 아니, 마취한 것도 아니지. 내가 시아 신경을 마비시켰어. 그리고 마비가 잘 되게, 그 신경을 계속 꽉 껴안고 있었어. 나는 시아가 말라 죽을 때까지 시아 안에 있었던 거야! 끝내주지?"

"공개 처형하잔 생명들이 더 자비로웠겠어."

"머리 안에 네발동물이 들어가서 신경에 침을 흘리고 있는데, 그게 살아 있는 걸로 보이겠냐. 아무튼 난 내 소임을 다했지. 그게 지구를 구한 일이었다는 건 베이가 늦게 도착해서 그때 알았네."

"우리 둘이야 자유의지로 시아를 죽였으니 차라리 잘된 걸지도."

끔찍한 주거니 받거니에 유리는 슬슬 머리가 아파 오기 시작했다. 지금부터 시아를 지켜야 했다. 이 아이들이 돌아갈 때까지. 그런데 오늘 밤을 어떻게 버텨야 할지 막막함이 몰려왔다.

"그 모든 게 시아야. 우리의 시아. 우리 지구의 시아."

토토가 손을 뻗어 유리의 손을 세게 움켜잡았다.

6.5

베이의 경우

겨우 한 입. 말로 표현하면 간단했지만 베이가 본 광경은 개체 하나가 변하고 돌아오는 모든 광경이었다. 먼저 이빨이 날카로워졌다. 그리고 먹을 수 있던 모든 음식에 심한 거부감을 보였다. 한 입을 맛보기 전까지 괴로워하고 또 괴로워했다. 맛본 후에는 공포에 질린 상대를 보며, 상대의 피로 물든 자기 입가와 손을 보며 더 괴로워했다. 정부에서는 그것이 테러리스트에게 뿌리려던 바이러스라고 항변하지도 않았다. 침묵했다. 그러한 무기를 갖고 있다면 언제든 국민들에게도 쓸 수 있다는 것을 인정하는 꼴이기 때문이었다.

관측자인 베이는 시아를 최대한 지키려고 했다. 다른 우주의 관측자들 데이터를 모아 시아가 위험에 처할 수 있는 상황은 모두 걸러 내려고 했다. 하지만 잡아낼 수 없었다. 시아와 둘이 사랑한다고 말할 수도 없는 사회에서 베이는 이미 '관측자'라는 위치에 있었다. 시아에게 과도하게 간섭하는 것은 시아가 그만큼 소중한 존재라는 뜻이 아니라 시아가 아주 위험한 존재라고 오해하기 쉽게 만들었다.

"이번엔 착한 일이야. 웬 애가 와서 부탁하더라고. 삼촌이
아프지 않게 해 달래."

시아는 웃으며 말했다. 그 애가 누구인지, 삼촌이 누구인지
는 묻지 않았을 게 뻔했다. 시아는 좀 지나칠 정도로 해맑은
면이 있었다. 아픔과 배고픔을 해결해 주는 것을 좋아했다.
그러나 아픔과 배고픔 역시 근본적인 문제가 있을 거라는 생
각을 잘 하지 않았다. 베이는 자신도 관측자라 골치가 아픈
우주에서 시아에게마저 깐깐하게 굴고 싶지 않았다. 베이 나
름의 애정 표현이기도 했다.

그렇지만 봉쇄된 도시 안에 테러리스트를 모두 가둔 상황
에서, 그 옆 도시에 정체불명의 바이러스가 퍼졌다고 했을 때
시아와 베이는 직감적으로 알았다. 이게 바로 그 소원의 결과
라고. 한편으로는 경악스러웠다. 봉쇄된 도시 안에서 서로가
서로의 몸을 물어뜯었을 때 일어날 수 있는 감염과 후유증을
나 몰라라 할 수 있는 게 둘이 사는 국가라는 점에서. 서로에
대한 신뢰를 잃는 것은 부차적인 일이었다. 시아가 만약 걱정
을 대신해 주지 않았다면 테러 집단은 원인불명의 바이러스
로 자멸했을 것이다.

옆 도시에 바이러스를 실은 무인기가 추락한 후, 시아와 베

이는 그 바이러스가 어떤 과정으로 어떤 일을 일으키는지 똑똑히 알게 되었다. 국가에서 급하게 의료진을 파견하고 바이러스를 막을 수 있는 항체를 도시의 모든 구성원에게 주사했다. 바이러스의 잠복기가 짧았지만 실제 감염자는 30명 정도였다고 국가는 설명했다. 광견병과 비슷한 경우이니 물렸을 때는 반드시 비상번호로 의료진에게 신고하라는 말도 했다. 하지만 30명이 일으킨 파급은 컸다.

바이러스에 감염되어도 지능에 영향을 미치지는 않았다. 30명의 바이러스 감염 개체는 괴로워하면서도 '내가 누군가를 물어뜯고 살을 삼켜야 원래대로 돌아온다'는 사실을 받아들였다. 그렇다면 누구를 물어뜯을 것인가? 누구를 물어뜯어야 반항하는 상대에게 보복당하지 않고, 상대가 자신을 사회적으로 매장하지도 않을 것인가? 결론은 타당하고 끔찍했다.

감염자들은 사회적 약자를 노렸다. 노인, 어린이, 신체활동이 힘들어 남의 도움이 필요한 사람들. 도움을 준다는 말로 상대를 꾀어내어 물어뜯고, 제정신으로 돌아와 괴로워했다. 의료진은 그 행위를 처벌하지 않았고 감염 증상으로 기록했다. 물어뜯긴 상대에게도 충분한 약물치료와 배상이 주어졌다. 그러나 물어뜯긴 자들의 마음에는 공포와 배신감이 자랐다. 테러리스트에게 바이러스를 살포할 때에는 '서로에 대한 불신 때문에 집단이 유지되지 않을 것'이라는 점조차 고려했으면서, 왜 사회적 약자들에게는 심리적 케어를 하지 않았는지는 베이도 알 수 없었다.

그들은 결코 자신을 물어뜯은 자들을 다시 믿을 수 없게 되었다. 부모에게 물린 아이, 요양보호사에게 물린 노인, 감정 케어를 해 주던 의료진에게 물린 난치병 환자. 서로가 서로를 믿지 못하게 되면서 사람들은 하나둘 무기를 꺼내 들었고 서로가 서로를 죽였다. 바이러스가 아닌 사회적 불신이 일으킨 집단 패닉으로 도시 하나가 반쯤 와해되었다. 예민해진 개체들은 비슷한 바이러스가 나타났다는 헛소문만으로도 자신을 지키기 위해 남을 해쳤다. 전 지구적으로 서로가 서로의 지성을, 서로에 대한 자비를, 믿음을 의심하기 시작하자 눈덩이처럼 사태는 커져 갔다. 바이러스를 핑계 삼으면 모든 상해가, 살생이 참작될 수밖에 없는 세상이 되었다.

누구도 시아에게 책임을 묻지 않았다. 시아 혼자 자신이 그 모든 일에 씨앗이 되었다는 것을 깨달았고, 베이와 그 사실을 공유했다. 베이는 천천히 멸망해 가는 지구를 보며 아무 일도 하지 않았다. 시간을 되돌려 아이의 소원을 들어주는 시아를 막지 않는 이상, 이 흐름을 멈출 수 없다는 게 명확했다. 혹은 시간을 되돌려 소원을 빌러 오는 아이를 막거나.

인과율자가 필요했다. 관측자 혼자서는 할 수 없었다.

혼자이기에 베이는 이 모든 일을 그저 지켜봐야만 했다.

그럴 바에야.

흘러가게 놔두자고 베이는 생각했다. 시아는 조금씩 망가져 갔다. 걱정과 두려움과 분노가 시아를 파먹었다. 서로를 구하는 일이 의심스러운 곳이 더 이상 존재해서 무슨 의미가 있을까. 베이의 지구는 3년 후 멸망 등급 판정을 받았다. 신뢰가 존재하지 않는 세계는 멸망한 것이나 마찬가지라고 등급 판정표에 이유가 함께 게시되었다.

7

맞설 수 있을까

허청거리며 유리는 카페에서 나왔다. 하늘은 습도가 높아 구름과 노을이 아름다웠다. 망할 징조 따위 어디에도 없었다. 다섯은 유리에게 인사도 나누지 않고 흩어졌다. 유리는 상관 없다고 생각했다. 저들이 갈 곳도, 유리가 갈 곳도 결국 시아의 곁이기 때문이었다. 유리는 하늘을 보고 손바닥으로 얼굴을 쓸어내렸다.

"그런 점에서 우리는 정말로 우리구나."

모두가 시아에게 간다는 점에서. 하지만 유리에게는 절대적으로 유리한 점이 있었다. 시아가 어디 사는지 안다는 점이었다. 유리는 버스를 타고 시아네 집까지 가서 시아가 열었던 문을 두드렸다. 지난번에는 알지 못했는데, 맞은편 집에는 점집이라는 문패가 붙어 있었다. 그렇다면 저들이 이 시내의 점집을 다 뒤진다 해도, 설령 이곳을 찾아낸다 해도 어느 문을 열어야 할지는 알지 못하리라. 해가 져 어둑한 시간, 헐렁한 티셔츠와 반바지를 입은 시아가 문을 열었다. 그 뒤로 누군지 확인하고 열라는 할머니의 타박이 들렸다. 유리는 숨을 고르고 빠르게 말했다. 외계인들이 너를 찾고 있어. 그 외계인들은 평행우주의 나야. 너를 해치러 올 거야. 도망가자.

할머니가 천천히 걸어왔다.

"무슨 소리를 하누. 한밤중에."

"아, 할머니. 나 좀 나갔다 올게요."

시아는 아무렇지 않게 웃어 보였다.

"나가? 아기보살님, 어딜 가시려고요."

"몰라요. 언제 들어올지도 잘 모르겠어요."

시아는 유리의 손을 잡았다. 차갑게 굳었던 유리의 손에 시아의 온기가 퍼져 갔다.

"나 지금 되게 위험한가 봐요. 누가 날 해치러 온다는데, 걱정이 안 돼요. 죽을까 봐 걱정도 안 돼요. 그래서 따라가야 할 거 같아요."

차분히 말하는 시아의 말에 담긴 무게를 할머니는 한참 동안 곱씹었다. 사람들의 걱정을 덜어 주는 아기보살님. 결국 자신의 걱정이라곤 할 틈도 없이 쉬지 않고 임시 구원자가 되어 준 아이. 그동안 업고 먹여 키우는 동안 잔병치레도 많이 했다는 생각에 할머니는 흘긋 식탁 쪽으로 눈을 돌렸다. 여름이었다. 시아가 방금 전까지 먹던 복숭아 조각이 남아 있었다. 아기보살님이 떠나시려나. 할머니는 방으로 들어가 시아가 입을 겉옷을 가져왔다.

"여름이라도 밤은 추우니 조심하시게, 아기보살님. 운동화 끈 단단히 매고."

시아는 담담히 옷을 몸에 걸치고 운동화에 발을 넣었다. 합장하는 할머니에게 시아는 아무런 인사도 하지 않았다. 돌아올지 안 돌아올지, 그것은 내일이 되어야 알 사실이라는 걸 시아도 알고 있는 것처럼.

시아의 손을 끌고 나가 버스를 탄 뒤에야 유리는 후회했다. 그냥 시아네 집에 있는 게 가장 안전할 수도 있었는데. 하지만 시아가 '따라가야 한다'고 했으니 그 길이 더 맞을 터였다. 낮에 깨어 있는 동안은 예지몽을 꿀 수 없고, 아마 오늘 밤에는 잠들기도 어려울 테니 시아의 능력을 최대한 이용하는 수밖에 없었다. 유리는 스마트폰을 꺼내 전원을 끄고, 버스 좌석 사이에 슬그머니 끼워 넣었다. 시아도 그렇게 했다. 밋밋한 검은 스마트폰이지만 위치 추적을 당할 수도 있는 위험 하나를 제거했다. 유리는 익숙한 정거장 이름이 나오자 반사적으로 내렸다. 내리고 나니 학교 근처였다. 밤의 고등학교는 어둠에 잠겨 있었다. 야간자율학습도 쉬는 날이었다. 학교 뒤에는 산이 있고, 산에 길을 잘못 들면 낭떠러지로 떨어질 수도 있었다. 그러니까 땅값이 싸서 여기 학교를 지은 거라며 아이들은 수군댔다.

시아와 유리는 학교 뒷담을 넘어 창이 고장 난 복도로 들어가 비상용으로 비치해 둔 회중전등을 하나씩 빼서 손에 들었다. 발각될 수도 있으니 불을 켜지는 않았다. 시아는 어둠이 두렵지 않은 듯 타박타박 걸어갔다. 시아가 작은 목소리로 속삭였다.

"밤에 학교 온 거 처음이야."

"우리 학교는 특별진학반만 야자 하니까."

유리는 언젠가 학교에 대한 예지몽을 꾼 적이 있었다. 주변이 어두컴컴했기에 그냥 악몽일 수도 있다고 생각하고 넘긴 꿈이었다. 꿈속에서 배전반을 찾아 헤매다가 학교 지하실 근처에서 발견하는 꿈이었다. 배전반을 어디에 쓸 수 있지. 유리는 회중전등으로 배전반의 위치를 확실하게 확인한 후 전등을 가방에 넣었다. 자꾸만 마음이 조급해졌다. 초조해서 손톱을 물어뜯는 유리의 귓가에 시아가 소근거렸다.

"유리야. 아까 버스 안에서 그 사람들이 가진 능력이 뭔지 알려 줬잖아."

"응."

시아의 표정이 어두워졌다.

"그 사람들도 여기로 올 거 같아."

유리가 살짝 소리를 높여 말했다.

"말도 안 돼! 집도 아니고 학교를? 걔넨 내가 어느 학교에 다니는지도 모를……."

"두 갈래 길에서 정답만 맞히는 사람이 있다고 했지?"

늘 우울해 보이던 렌. 유리는 고개를 끄덕였다. 시아가 말을 이었다.

"어디로 갔을지 후보를 쭉 뽑아 놓고 두 개의 그룹으로 나눠. 그리고 답으로 나온 그룹을 또 반으로 나눠. 학교라고 결론이 나오면, 이 동네 근처의 학교를 또 그렇게 절반씩 소거하다 보면 우리가 어디로 갈지 찾아낼 수 있어."

유리의 눈동자가 흔들렸다. 그런 식으로 갈림길을 만든다면 사실상 어디로도 도망갈 수 없었다. 그 전에, 시아는 어떻게 그걸 떠올린 걸까. 시아가 걱정한다면 그 작전은 실패할 텐데. 시아는 손으로 머리를 감싸 쥐고 중얼거렸다.

"방법이 그냥 떠올랐어. 그런데 '그 사람들이 그걸 실패하면 어쩌지?'라는 게 굉장히 걱정되기 시작한 거 있지. 그러면 실패하지 않는다는 이야기잖아. 그 방법으로 우리가 어디 있는지 맞힐 거라는 이야기잖아."

유리는 크게 심호흡을 했다. 능력에는 능력이다. 유리는 시아의 손을 꼭 붙잡고 물었다.

"그 사람들이 지금 학교에 도착했을까 봐 걱정돼?"

"아니."

학교 도착까지는 아직 먼 것 같았다. 하지만 만약을 위해 한 가지 교차 질문을 더 던져 보기로 유리는 마음먹었다.

"그 사람들이 학교를 찾아내지 못할까 봐 걱정돼?"

"걱정돼."

위치 노출. 그러나 그런 식이라면 언제든, 어디서든 들킬 수 있었다. 유리는 배전반이 필요한 이유를 생각했다. 어둠 속에서 희미하게 발소리가 들리는 것 같아서 미칠 지경이었다. 두근두근. 귓가에 들리는 동맥 흐르는 소리. 토토가 몇 번이고 몇 번이고 졸라댔던 그 동맥. 유리는 '야자 하는 애들이라도 있으면 우리가 좀 더 안전했을까'라고 생각하다 배전반의 쓸모를 알아차렸다.

"시아야. 3층 복도 끝 교실까지 3분 안에 달려가야 해. 할 수 있겠어?"

"걱정되는 거 보니 할 수 있어."

이 학교에 유일하게 존재하다시피 하는 첨단 시스템을 믿어 볼 차례였다.

7.5

진의 경우

진은 시아를 죽인 것을 후회하지 않았다. 그래서 후회하는 사람들만 모인 이 집단이 '우리'라는 사실이 가끔은 싫었다. 만약 시아가 진의 손이 아닌 다른 누군가의 손으로 목숨을 잃었더라면 진은 온 힘을 다해 그 상대를 박살 냈으리라고 스스로도 생각했다. 진은 가장 사랑하는 존재가 죽음의 위기에 처했을 때 내가 그 목숨을 끊어 주었노라고 당당하게 이야기할 수 있었다.

두 발로 걷는 인간들이 사는 지구로 온 이후 진은 내내 허리를 펴고 걸어야 했다. 허리가 끊어질 것처럼 아팠다. 손에도 신발을 신으면 안 되냐고 베이에게 물었지만 베이는 그 말을 무시했다.

"자동차는 네 바퀴로 달리잖아! 나도 네 발로 차도에서 뛰면 되잖아!"

항의하는 진을 '버리고 가 버릴까'라는 눈으로 바라보는 베이 대신 토토가 중재했다.

"차는 사람보다 훨씬 빨리 달려. 네 발로 달려도 차만큼 빨리 달릴 수는 없어. 그리고 여행 온 참에 여기서 주목받고 싶지는 않잖아?"

주목은 살던 지구에서도 분에 넘칠 정도로 받았다. 시아와 사귈 때도, 시아가 죽은 후에도. 다만 호기심과 조롱 섞인 주목이 존경과 공포 섞인 주목으로 바뀌었다. 네발동물과 두족류가 사랑하는 것을 막는 법률은 없었다. 그러나 법적 파트너가 될 수 있는 장치도 없었다.

"이 지구로 치면 저런 관계일까?"

진은 큰 개를 산책시키는 사람을 보며 스스로에게 물었다. 비록 자신이 네발동물이고 평균 지능이 높고 몸집은 시아가 훨씬 컸지만. 두족류에게 평등하게 대하는 네발동물은 많지 않았다. 암암리에 '물에 살고 다리가 많을수록 지능이 낮다'는 말이 퍼져 있었다. 그게 진이 살던 지구의 통념이었다. 소수의 두발동물은 사회 지배층이었고, 네발동물은 지배층과 피지배층 어디에나 분포했다. 그리고 수상동물은 뭍에 올라올 수 있는 일부 정도만 대화가 가능한 종족으로 취급되었다. 그런 상황 속에서 진과 시아는 사랑에 빠졌다.

진은 지긋지긋했다. 변형자는 대부분이 싫어하는 특성이었다. 몸을 쓰는 일에 능하기 때문에 범죄자가 될 수 있다며 엄

격히 관리되었다. 그러다가 바닷가에서 시아를 만났다. 시아
는 머리를 다리로 감싸고 둥근 공처럼 햇빛을 받고 있었다.
거대한 별이 해변에 놓인 것 같았다. 진은 시아에게 그 순간
내 태양이 너로 바뀌었다고 나중에 고백했다. 시아가 빨갛게
물들었던 것을 진은 기억하고 있었다.

"바닷속도 불평등해?"

정기적으로 '검사'를 받고 난 날, 진은 시아에게 물었다. 얼
마나 자주 변형했는지, 변형 이유는 무엇인지, 다른 시민을
해치지는 않았는지 파악하기 위해 '변형자'인 시민들은 검사
를 받았다. 검사관들도 두려움과 혐오가 섞인 눈빛으로 변형
자들을 대했다. 신체가 곧 무기인 자들. 그러나 무기가 반드
시 다른 시민을 해치기 위해 있는 것은 아닌데도. 시아는 머
리 위에 올라간 진에게 작게 대답했다.

"우리는 딱히 다른 종족에게 관심을 두지 않아."

시아가 다리를 쭉 편 길이만 해도 진의 세 배가 넘었다. 진
은 시아의 머리 위에 올라가는 걸 좋아했다. 그래서 종종 이
런 자세로 대화를 나누곤 했다. 시아는 진을 달래 주려 천천
히 바다 얕은 곳을 걸었다. 시아와 진은 서로를 영영 이해할
수 없다는 걸 알았다. 그럼에도 불구하고 사랑할 수 있는 데
까지는 사랑하기로 했다.

바다는 넓은 데다가 깊기 때문에 수상동물은 얼마나 많은지 모른다고 시아는 진에게 말했다. 진은 그 말이 정말 멋지다고 생각했다. 깊은 곳과 얕은 곳에 사는 존재가 서로를 모르고 평생을 살 수 있다니. 모든 것을 감시당하는 기분이 들 때마다 진은 수상동물이 되고 싶었다. 물론 시아와 같은 두족류가 된다면 제일 좋을 거라고 생각했다. 머리와 머리를 맞대고, 다리와 다리를 감고 물 안에서 천천히 이동하고 싶었다.

두족류가 초능력을 가질 수 있는가는 꽤 오랫동안 화제였다. 수상동물 중 고등동물에 속한다고 해도 초능력을 인지하고 통제할 만큼의 지능이 있을까? 시아는 수상동물 사이에서는 '초능력을 가지더라도 지상동물에게 알리지 않는 것이 불문율'이라고 진에게 말해 주었다. 그러나 어디나 불문율을 깨는 자들이 있었다. 발성기관이 없는 거대 불가사리는 해변에 글씨를 써 '나는 너희들의 마음을 읽을 수 있다'고 알렸다. 가리비는 예와 아니오로 갈리는 문제를 위아래 껍데기를 한 번 마주치면 예, 두 번이면 아니오, 세 번이면 모른다로 답하는 초능력을 증명했다.

그럼에도 불구하고 지상동물들은 수상동물을 신기해할 뿐, 동등한 지능과 권리를 가진 시민으로 대하지 않았다. 시아에게는 다른 시아들처럼 '대신 걱정해 주는' 초능력이 있었다. 두족류에게 자신의 걱정을 토로하고, 이해하리라 생각하고, 일을 맡기는 네발동물은 적었다. 수상동물 사이에서나 가끔 부탁이 들어온다며 시아는 다리로 모래톱을 쓸며 이야기했다.

"나는 되도록 자주 지상동물 일에 끼어들려고 하는 편이야. 우리가 지성을 가진 존재라는 걸 알리고 싶거든."

진은 그런 시아가 무모해 보이기도 했고 멋있어 보이기도 했다. 자신은 물속으로 도망가고 싶은데, 자신이 사랑하는 상대는 물 밖으로 나오려 했다.

진과 시아의 데이트는 대부분 해변가에서 이루어졌다. 거대한 두족류가 네발동물들의 지역에 들어가는 것도 어려웠고, 시아도 자주 물로 피부를 축여야 하는 생물이었다. 진을 머리에 태우고, 혹은 한 다리로 감아 높이 들고 스르륵 물속으로 미끄러질 때마다 진은 즐거워서 어쩔 줄 몰랐다. 시아가 양서류들이 만든 에이전시에 들어가 초능력으로 일하기도 했다는 말을 들었을 때도 진은 시아를 믿었다. 시아는 아주 강하고, 아름다운 존재였으니까. 배경이 노을 지는 바닷가가 아니더라도 시아는 진에게 세상에서 가장 아름다운 생물이었다.

사실 적국이 시아를 '수상병기로 착각했다'라는 말도 진은 믿지 않았다. 병기라면 무엇 때문에 자신을 노출시키고 있었 겠는가. 시아는 얼마든지 배보다 깊은 곳에서 헤엄치며 배를 따라갈 수 있었다. 시아가 물 위로 모습을 드러내고 있었던 건 일종의 시위였다. 자신 같은 수상동물이 이 배를 지킬 만 큼의 능력을 가지고 있다는 시위이자 이렇게 강한 존재가 옆 에 있으니 유조선에 허튼짓을 하지 말라는 뜻을 표현하는 시 위. 유조선은 수상동물들에게 시한폭탄이나 마찬가지였다. 기름이 한번 물 위를 덮으면 수상동물의 세상이 한 번 멸망 하다시피 했다. 아이러니하게도 그 점을 이용해 시아와 진이 사는 국가에서도 수상동물들에게 큰 위협을 주고 싶을 때 유 조선을 이용하곤 했다.

어쨌거나 적국이 '유조선 호위로 위장한 정체불명의 수상 병기'에게 발사한 미사일은 시아의 걱정에 의해 적국 앞바다 에 떨어져 버렸다. 적국은 그것이 '수상병기가 미사일을 조종 해 공격한 것'이라며 정식으로 시아의 신병 인도와 적국에서 의 공개 처형을 요청했다.

"도망가. 어차피 저 나라건 이 나라건 바닷속에 누가 살고 어떻게 사는지 아무도 몰라. 멀리 도망가. 응?"

국가는 시아에게 수배령을 내렸다. 시민 취급도 안 하면서 무슨 수배인지. 그래서 정식으로 내려온 공문에도 '특정 유해

생물을 포획하여 인도'하라고 되어 있었다. 진은 시아와 몰래 만나 부탁했다.

"저쪽 나라엔 적당히 아무 두족류나 잡아 보내면 그만이야. 아니, 이미 하나쯤 잡아 놨을지도 몰라! 두발동물이고 네발 동물이고 네가 어떻게 생겼는지는 아무도 모른다고!"

진의 다급한 말에 시아는 한 발을 뻗어 진에게 가볍게 물을 튀겼다.

"난 그런 게 싫은 거야."

물세례를 맞은 진이 시아의 말에 침울해졌다. 시아는 계속 말했다.

"아무 두족류나 잡아 보낸다니. 너무하잖아. 우리도 지성이 있고 감정이 있는데. 그 두족류는 무슨 죄야. 차라리 내가 당당하게 출석할 거야. 내가 바로 그 두족류라고. 두족류에게도 억울함과 양심이 있다는 걸 너는 알면서 왜 그래."

진이 한숨을 쉬었다.

"널 죽이겠다잖아."

시아가 공기 방울을 수면 위로 올려 보내며 웃었다.

"하지만 다른 나라로 도망가 버리면, 너를 못 만나잖아. 그럴 바에는 네가 있는 여기서 내 시위를 끝마치는 게 낫지."

먹먹한 애정이었다. 하지만 논리적이었다. 스스로 지성이 있다는 것을 보여 주려는 시아를 진은 더 이상 막을 수 없었다. 그래서 진은 시아에게 약속했다.

"내일 내가 가서 말할게. 그 두족류가 누군지 안다고. 그리고 처형은…… 내가 하겠다고."

시아가 거대한 눈 안에 진을 담았다.

"날 죽일 수 있어?"

진은 웃었다.

"이 지구에서 나만큼 너라는 두족류를 잘 아는 생물은 없어."

"아무것도 모르는 바보들 손에 넘어가 죽는 것보단 그게 나을지도 모르겠다."

"응. 그러니까 오늘은 같이 있자."

바위절벽 틈, 시아의 몸이 다 올라오지도 못하는 곳에서 둘은 도란도란 이야기를 나누었다. 처음 만났을 때의 인상, 처음 나눈 말들, 두족류와 네발동물이 사귄다는 걸 안 주위 사람들의 반응, 자신들 초능력의 좋은 점과 불편한 점. 다시 하루가 시작되고 아침이 밝는 시간이 되었다. 진은 물속으로 뛰어들었다. 물은 정말 싫었지만, 시아가 사는 곳이라고 생각하면 견딜 만했다. 이제 물속의 어디에도 시아는 없을 테니, 자신이 자발적으로 물속으로 들어가는 일도 없을 거라고 진은 스스로 위로했다.

"사랑해. 마지막까지 너랑 있을게."

진이 내건 조건은 받아들여졌다. 적국에 처형 장면을 중계한다는 조건이었다. 시아는 오히려 잘된 것 같다고 진에게 말해 주었다.

"저쪽도 이제 알 거야. 너랑 나처럼 서로 다른 두 존재가 사랑한다는 것도 알고, 나에게 지성이 있다는 것도 알고, 두족류도 지상동물들처럼 각자가 구별되는 존재라는 것도."

구경꾼이 몰려든 모래사장 위로 천천히 시아가 눈을 감고 올라왔다. 진은 가장 날카로운 발톱으로 시아의 신경이 몰려 있는 곳을 확인했다. 시아가 작게 속삭였다. 아주 작게. 구경꾼들은 듣지 못하게.

"죽기 싫어. 그래도 너라서 다행이야."

진은 자신이 시아의 생명을 끊을 수 있는 존재라 다행이라고 생각했다. 그래서 시아를 살해한 것을 후회하지 않았다. 다른 누구에게도 넘기지 않았다고. 두족류를 죽이는 영상은 잔인하지만 괜찮은 볼거리로 떠돌았다. 시아가 숨을 거둔 것을 두 국가에서 모두 확인하고 나자, 구경꾼들의 환호성이 울려 퍼졌다.

'뭐가 그렇게 기쁜 걸까.'

진은 시아의 신경이 완전히 식어 가는 것을 느끼며 눈을 감았다. 구경꾼들이 사라질 때까지, 해가 지고 깜깜해진 모래톱에 아무도 남지 않을 때까지. 영원히 눈을 뜨고 싶지 않았는데, 두발짐승과 네발짐승들이 찾아와 진을 떼어 냈다. 진은 '두족류를 죽이는 방법'을 아는 존재로 대접받고 감시받으며 지낼 것이라는 통보를 받았다. 진은 대신 시아를 바다로 돌려보내 달라고 했다.

"시아의 친구들을 불러서 데려가게 해 주세요."

진은 다섯 마리의 두족류가 죽은 시아를 바닷속으로 정중히 데려가는 것을 보고 통보를 받아들였다. 그리고 한참 후, 어쩌면 얼마 후, 베이가 진을 찾아왔다.

8

분필 굴러가는 소리가 아니야

유리는 최선의 방법을 생각해 냈지만 그 방법만은 절대로 택하고 싶지 않았다. 만약 그게 실패한다면 자신과 시아는 둘 다 죽을 수도 있었다. 다섯 지구의 누구도 순간이동 능력자가 아니어서 다행이었다. 순간이동 능력자가 있다면 어차피 모든 퇴로는 막힐 터였다. 배전반의 위치를 확실하게 기억해 두고 유리와 시아는 손을 꽉 맞잡고 학교 안을 이리저리 돌아다녔다. 시아는 소리 내지 않고 걷는 일에 익숙한 듯 조용히 발을 맞췄다. 유리는 자신도 발소리가 나는 샌들 대신 소리가 작게 나는 운동화를 신어서 다행이라고 생각했다. 학교 안은 대부분 잠겨 있었다. 아마도 잠금쇠와 CCTV가 이 학교 보안의 전부인 듯했다. 유리는 고라니가 뒷산에서 뛰어 내려와 1층 교무실 창문을 깨부수고 갔다는 이야기가 생각나 피식 웃었다. 웃을 때가 아닌데 웃음이 나왔다.

학교 뒷산으로 도망갈까? 차라리 그게 안전할까? 유리는 고개를 저었다. 높지 않은 산이라고 해도 밤길이었다. 산에서 길을 잃거나 야생동물에 놀라 비명이라도 지른다면 그 순간 끝일 수도 있었다. 최악의 경우, 48시간을 최후의 보루 안에서 버티면 된다. 학교 3층 끝의 특별자습반. 이 낡은 학교에 어울리지 않게도 지문인식장치와 최신식 냉난방이 완비된 곳. 전격계 능력자도 없었지. 유리는 다시 한번 마음을 단단히 추슬렀다. 둘은 지하실까지 언제든 뛰어갈 수 있으면서도 학교 쪽 진입로가 잘 보이는 중앙현관 앞에 몸을 숨겼다.

일 분 일 초가, 숨을 들이쉬고 내쉬는 한 순간이 천 년쯤 되는 것 같았다. 저쪽도 아마 버스를 타고 오겠지. 막차 시간까지 얼마나 남았을까. 유리는 뒤늦게 스마트폰을 버스에 버리고 온 걸 후회했다. 막차 시간이라도 알아 둘 걸. 다행히도 시아가 손목시계를 차고 있어서 시간은 알 수 있었다. 열 시 십육 분.

예전에, 다른 지구의 자신이 말한 적이 있었다. 자신들은 의외로 갈 수 있는 곳이 많지 않다고. 운전면허와 신분증이 없으니 술이라는 것도 마실 수 없고 차를 빌릴 수도 없어서 대중교통이나 자전거 정도만 탈 수 있다고 했다. 차를 빌린다고 해도 처음 보는 운송수단일 텐데 잘 운전할 자신은 없다는 말도 그때 들었다. 평행우주의 지구라고 해도 모두 발달 정도가 다르다는 것이 다행스러웠다. 시아가 작게 소곤거렸다.

"그거 알아? 나 지금 완전 직무 유기야."

그리고 시아가 웃었다.

"직무 유기?"

"할머니가 그랬거든. 내가 걱정하는 일이 일어나지 않는 건 내가 아기보살이라 그렇대. 중생들의 괴로움을 대신 지고 가는 운명을 타고난 사람이라 매일매일 남 걱정만 해야 되는 거랬어. 그런데 나 지금 내 걱정만 하려고 애쓰고 있거든. 이런 거 태어나서 처음이야."

유리는 헛웃음을 지었다.

"태어나서 자기 걱정을 처음 한다니. 진짜 별난 애다."

"너는 뭐. 갑자기 뛰쳐 들어와서 평행우주가 어쩌니 외계인이 어쩌니 하면서 나 끌고 와 놓고."

유리는 뒤늦게 시아를 돌아보았다.

"왜 나를 믿었어?"

유리는 자신이 틀릴까 봐 두려웠다. 예지몽도 다른 세계의 나도 전부 헛것이 아닐까. 우울증으로 인한 환각과 착각이 아닐까. 정신과에서 나오는 걸 본 게 첫 만남인 나를 왜 시아는 믿고 따라왔을까.

"너를 안 믿으면, 나는 나를 믿을 수도 없게 되니까."

시아의 대답은 단호했다.

"나는 진짜로 사람을 살려 본 적이 있어. 성공 확률 이 퍼센트의 수술이 실패할까 봐 밤을 새 가며 걱정한 적도 있고. 그 사람이 살았을 때, 그 사람 엄마 아빠가 우리 할머니 손잡고 펑펑 울었어. 가망이 없었대. 나는 사람들 앞에 안 나가니까 문틈으로 보는 게 전부였지만…… 내가 사람을 살렸다는 게 기쁘고 자랑스러웠어."

시아가 유리의 손깍지를 꼈다.

"네 모든 게 착각이라면, 너를 따라온 나도 착각한 거고, 그러면 내 지난 일들은 모두 우연이 되어 버리는걸. 그건 나한테 너무 가혹한 일이야."

순하고 착해서가 아니라 자신의 일관성을 지키기 위해 따라왔다는 말에 유리는 한숨을 내쉬었다.

"내가 하는 모든 일이 착각일까 봐 두려워?"

"두려워."

시아의 두 눈을 마주 보며 유리는 하, 작은 숨을 내뱉었다. '우리'가 그랬지. 다른 우주에서도 시아와 나는 엮여 있다고. 붉은 실처럼. 유리는 그게 무슨 말인지 닷새 전만 해도 이해할 수 없었다. 같은 학교 같은 학년 같은 반. 그 외 무언가를 같이 해 본 적이 없는 아이와 엮인다는 게 어떤 의미인지. 그런데 50여 시간 남은 지금, 자신은 그 애의 죽음을 막겠다고 한밤중 학교에서 땀 밴 손을 깍지 끼고 있었다.

"운명이랬지. 아기보살이."

"응."

"네가 아기보살인 게 운명이라면, 이것도 운명이겠지."

유리는 깍지 낀 손을 살짝 흔들어 보이며 말했다. 시아는 아무 말 없이 운동장 쪽만을 바라보았다. 멀리 버스 서는 소리가 들렸다. 문이 열리고 닫히는 소리가 정류장부터 학교까지 젖은 밤공기 속에 퍼졌다. 이 동네 버스는 내리겠다는 사람이 없으면 굳이 이런 밤거리엔 서지 않았다. 누군가 내렸다는 뜻이었다.

유리는 충동적으로 시아에게 물었다.

"내일 아침까지 버텨도 안 될까 봐 걱정돼?"

하다못해 내일 해가 뜰 때까지만이라도 우리가 우리를 지킬 수 있을까? 시아는 잠시 생각하다 대답했다. 누군가 다가오고 있을 먼 곳을 같이 보면서.

"걱정돼."

머나먼 시간 대신 간단한 목표라도 잡아야 살 수 있을 것 같았다. 지금 당장 희망을 놓지 않기 위해 유리는 내일 아침 해가 뜰 때까지 버텨 보자고 시아에게 속삭였다. 시아는 고개를 끄덕였다.

발소리는 들리지 않았다. 대신 짜증 내는 목소리들이 들렸다. 정말로 알아냈어. 이젠 어떻게 하지. 유리는 시아의 손을 잡고 천천히 지하실 쪽으로 움직였다. 그 순간, 시아가 유리의 손목을 세게 움켜잡았다.

왜냐고 유리가 입 모양으로 묻자 시아가 빠르게 속삭였다.

"배전반 내렸다 올리면 온 학교 불이 켜지지 않을까 봐 걱정돼."

유리는 재빨리 순서를 되짚었다. 그 말은 배전반을 내렸다 올리면 온 학교 불이 켜지고, 이 학교에 자신들이 있다고 알려 주는 거나 마찬가지라는 의미였다. 유리의 얼굴이 일그러졌다. 시아가 달래듯 손목을 쥔 손을 풀었다.

"괜찮아. 저 사람들 어차피 여기로 올 테니까. 그런데 되도록 늦게 하자. 자기 직감이 맞으면 사람은 기세등등해지잖아. 불이 켜지는 순간 조금이라도 저쪽이 냉정함을 잃도록 하는 게 좋겠어."

담장 한쪽이 부서지는 듯, 콰드득 하는 소리가 들렸다. 진이다. 소리가 사라지자 바로 불빛이 나타났다. 랜턴을 든 사람이 누군지는 알 수 없었다. 시아가 십, 구, 팔, 칠, 숫자를 세기 시작했다. 육, 오, 사, 삼. 랜턴이 하나가 아니었다. 뒤편 랜턴에 비쳐 베이의 머리카락 색이 보였다. 이, 일. 유리는 배전

반을 내렸다 올렸다. 온 학교에 불이 켜졌다. 폭발하듯 눈이
부셨다. 하지만 머뭇거릴 시간이 없었다. 바깥에서 큰 소리가
들렸으니 곧 따라오겠지. 유리는 재빨리 예지몽의 마지막을
되짚었다. 딱 삼 분 동안 이 학교의 모든 감시 시스템이 마비
된다. 그사이 3층 끝, 특별자습반까지 달려야 했다. 중앙계단
을 찾아 뛰어오른 둘은 3층 끝 특별자습실 문을 온몸으로 밀
어젖혔다. 문 앞에는 특별자습대상인 아이들 학년 반 이름이
붙어 있었다. 문이 열리자마자 둘은 자습실 안으로 들어가 있
는 힘을 다해 문을 밀었다. 1층 쪽 복도에서 시끄러운 소리가
났다. 베이의 카랑카랑한 목소리가 들렸다.

"렌! 짝수야, 홀수야?"

렌의 대답은 들리지 않았지만, 학교는 고작 4층짜리 건물
이니 아마도 층수를 묻는 것 같았다. 시아가 일 분 삼십 초라
고 속삭였다.

"아 씨, 눈부셔! 1층 아니면 3층인 거지? 둘로 나눠!"

철컥. 문의 자동잠금장치가 돌아가는 소리가 들렸다. 시아
가 재빨리 수동잠금으로 방식을 바꿨다. 이제 이 문은 안에서
열지 않으면 열리지 않는다. 날카롭게 빛나는 형광등을 끄고
싶었지만 모든 불이 켜진 곳에서 한 교실만 불을 끌 수도 없
었다. 유리와 시아는 교사용 책상 아래로 들어가 숨었다.

"시아야. 쟤네가 배전반 알까 봐 걱정돼?"

"걱정돼."

"그럼 배전반 사용법은 모르겠네."

운이 좋으면, 정말 운이 좋으면 배전반 작동을 눈치챈 감시장치 회사에서 출동할 수도 있었다. 하지만 유리는 그 가정을 입 밖에 내기가 두려웠다. 지금 모든 희망과 절망은 시아의 한마디로 진실 여부를 판단할 수 있었다. 모든 희망의 불씨를 끄고 싶지 않았다. 계단 올라오는 소리가 들리다가 멈췄다. 3층이다! 유리와 시아는 입을 막았다. 베이가 다시 소리쳤다.

"왼쪽이야, 오른쪽이야?"

렌의 목소리가 들렸다.

"왼쪽."

특별자습반은 왼쪽 맨 끝 교실이었다.

열 시 삼십팔 분. 진의 목소리가 또렷하게 들렸다.

"일 학년 삼 반 김보미, 일 학년 사 반 장규연, 일 학년 이 반 박윤지, 일 학년 일 반 송아영, 일 학년 오 반 최진. 이거 뭐야? 애들 이름 쭉 써 있고, 옆에 뭐 거울 같은 게 있어. 문은 안 열리고."

"지문인식장치네. 우리 거보단 훨씬 작지만."

"지문? 아, 얘네도 그런 걸 쓰는구나."

"문 부수면 안 돼?"

"안 돼. 어느 지구나 애들 배우는 곳은 경비장치 잘해 놓게 되어 있잖아."

독 안에 든 쥐였다.

"렌, 여기 애들 있어?"

"있어."

"아, 이 방법은 나도 쓰기 싫은데…… 진하고 토토랑 륜은 필요하겠네. 렌은 여기 지키고 있어."

"알았어."

발소리가 멀어졌다. 어차피 나갈 수도 없었지만, 베이가 떠났다는 것만으로도 한시름이 놓였다. 렌은 아무 말도 없었다. 열 시 사십 분.

"왜 도망쳐?"

십삼 분이 지났다. 십삼 분 만에 렌이 한 첫 말이었다. 유리는 자기도 모르게 헉, 숨을 들이쉬었다. 렌이 큭큭 웃는 소리가 문 너머로 들려왔다. 들켰다는 건 알았지만 노골적으로 자신들을 겨냥한 말에 유리의 뺨이 빨갛게 달아올랐다. 렌은 다시 물었다.

"궁금해서 그래. 왜 도망치는 거야? 평행우주는 자신의 법칙을 바꾸지 않는데."

그 말에 대답한 것은 유리가 아니라 시아였다.

"평행우주의 법칙이 뭔데?"

시아의 목소리를 처음 들은 렌은 잠시 입을 다물었다가 대답했다.

"모든 우주에는 일정량의 에너지가 있어. 그 에너지가 적당량을 유지하도록 평행우주는 스스로 자신을 다스려. 어떤 별은 파괴하고, 어떤 별은 만들어 내고. 생명체가 살게 하고 메마르게 남겨 두기도 하지. 우리는 평행우주에 대해서 그렇게 배워."

시아가 바닥을 내려다보다 대답했다.

"너희들은 운명을 그렇게 해석하는 거야?"

"그럴지도. 운명이라는 건 이 지구에서 쓰는 말이지. 필연적으로 일어나고야 마는 일. 피할 수 없는 일."

렌과 시아의 대화를 가만히 듣던 유리는 생각했다. 그러면 모든 지구에서 시아는 운명을 거스르는 존재였던 걸까? 유리의 생각을 엿듣기라도 한 듯, 렌이 다시 말했다.

"여기서의 네 이름은 시아였지. 시아 너의 능력은 네가 선택한 게 아냐. 그것도 우주가 너에게 부여한 힘이지. 너의 힘을 통해서도 우주는 자신을 조절하고 있어."

참지 못하고 유리가 끼어들었다.

"그러면 왜 시아를 죽이려고 해?"

렌이 일어나 걷는 소리가 나더니 손바닥이 불투명 유리 창문 뒤를 천천히 쓸며 지나갔다. 그것은 일종의 너그러운 협박 같았다. 어차피 너희는 이 안에 갇혔고, 우리는 이 벽을 부수고 너희를 죽일 수도 있지만, 지금은 이 지구의 법칙을 따르겠다는 협박. 땀이 주르륵, 유리의 목뒤를 타고 흘러내렸다. 렌은 천천히 말했다.

"누구나 자신의 역할이 있지. 그리고 역할을 다한 것을 치우지 않으면 새로운 것이 자리 잡을 공간이 부족해져. 나는 내 쌍둥이 동생을 죽였어. 그렇지 않으면 내가 사는 지구가 사라질 거라고, 동생을 제외한 모든 사랑하는 사람과 모르는 사람을 잃을 거라고 '데이터'가 그랬으니까."

"그런 거구나."

시아가 작은 목소리로 대답했다. 그리고 물었다.

"데이터는 뭐야? 너넨 그걸 왜 믿어?"

유리는 스스로를 '관측자'라고 소개하던 베이를 떠올렸다. 이 지구를 제외한, 평행우주 협약이라도 맺은 듯 서로를 자유롭게 오고 가는 지구가 있다던, 어린 시절 만난 자신을 떠올렸다. 렌이 가라앉은 목소리로 대답했다.

"평행우주의 데이터는 관측자가 만들어. 관측자는 '여러 평행우주에서 공통으로 일어난 일'을 알 수 있어. 그다음 단계는 확인이지. 그 일이 일어난 우주로 가서 확인하는 거야. 예를 들면 거대 파충류의 멸망. 빙하기. 어떤 과학 법칙의 발명. 확인 다음은 원인으로 거슬러 올라가. 누가 멸망을 초래하고 누가 세상을 구할 법칙을 만드는지. 멸망을 초래하는 원인을 우주가 관측자에게 알려 준다면, 관측자는 그 멸망을 막을 권리가 있어. 관측자조차 막을 수 없는 멸망이라면 우주가 그것을 보도록 허락하지도 않았을 거야."

"관측자가 거짓말을 하면?"

"관측자가 하나둘도 아니고, 관측자끼리 서로의 데이터를 비교하는데 혼자 거짓말을 하면 바로 들통나지. 이 지구에는 관측자가 아직 없나 보네."

"그런 것 같아. '관측자가 있을까 봐 걱정돼'라는 생각이 드는 걸 보면. 내 생각은 늘 운명과 반대지. 내가 걱정하는 건 아무것도 일어나지 않아."

시아와 렌의 대화를 들으며 유리는 손톱을 깨물었다. 저 둘은 어쩌자고 이렇게 평화로운 걸까. 사나운 육식동물이 초식동물을 잡아먹기 전 자비를 베풀어 대화를 허락한 듯, 불평등한 이 상황에서. 렌이 키득거리며 웃었다.

"너 같은 능력을 대적자라고 불러."

"관측자의 의무는 대적자를 죽이는 거야?"

여전히 호기심 어린 시아의 질문에 렌이 잠시 침묵했다.

"아니야."

삼십오 분이 지났다. 이렇게 학교에 불이 환하게 켜져 있는데 왜 아무도 이상하게 생각하고 달려오지 않는지 유리는 속이 타들어 갔다. 그것마저 이상하게 여기지 않도록 하는 게 저들의, 우리의 능력인 것인지. 렌은 그 후로 말이 없었다. 시아는 다시 유리에게 기대 손가락을 꼼지락거렸다.

"문이 열릴까 봐 걱정돼?"

그냥 문이 열릴까, 아닐까로 물어도 될 것을 유리는 일부러 시아의 능력에 맞춰 말했다. 한 단어의 모호함이 생과 사를 갈라 버릴까 무서워서. 시아는 고개를 끄덕였다. 그리고 '걱정돼'라고 소리 내어 한 번 더 말했다. 문이 열리지 않는다면, 저들은 대체 무엇을 하러 간 걸까?

크지 않지만 조급한 발소리가 3층 복도를 울렸다. 베이가 숨 가쁜 듯 헉헉대는 소리가 들렸다.

"이거 걸리면 우린 다 여행 정지야. 진! 어쩌자고 네발동물로 변해서 달리고 그래! 지구에 들어올 때 모습 그대로 다녀야 한다는 거 알잖아!"

토토가 대답하는 소리가 들렸다.

"두 발은 느리고, 후각도 엉망이야. 아무튼 물건만 챙겼으니 됐지."

무언가를 건네는 듯 부스럭거리는 소리가 들렸다. 유리는 '문은 열리지 않을 것'이라는 시아의 말을 믿었지만 끝없는 불안함으로 발밑이 끈적해지는 것 같았다. 사십 분이 지났으니 이제 열한 시 이십 분이다. 일출 시간이라도 알아 둘걸.

다음 순간 들린 기계음은 유리의 머릿속에서 두려움마저 날려 버렸다.

"김보미. 지문 인식이 어렵습니다. 다시 시도해 주십시오."

지문 인식은 본인이 직접 등록한 하나의 손가락으로만 할 수 있다.

"장규연. 지문 인식이 어렵습니다. 다시 시도해 주십시오."

열 손가락 중 어느 손가락으로 지문을 등록했을까.

"박윤지. 지문 인식이 어렵습니다. 다시 시도해 주십시오."

모든 아이가 같은 손가락을 골랐을까?

"등록되지 않은 지문입니다. 다시 시도해 주십시오."

"에이씨."

툭, 데구르르르르. 연필이나 분필보다는 조금 무른 것이 구르듯, 둔탁한 소리가 넘어왔다.

"송아영. 지문 인식이 어렵습니다. 다시 시도해 주십시오."

"아, 씨. 왜 맞는 게 하나도 없어!"

화를 내는 베이의 목소리보다, 베이가 무언가 내던진 듯 바닥을 구르는 둔탁한 소리가 더 크게 들렸다.

"최진. 지문 인식이 어렵습니다. 다시 시도해 주십시오."

"냄새 제대로 맡은 거 맞아? 왜 인식이 하나도 안 되는데!"

복도를 쩌렁쩌렁 울리는 베이의 짜증 섞인 목소리. 유리는 헛구역질이 올라오는 것을 간신히 참았다. 여기에 전부 토해 버려도 상황이 변하진 않겠지만 유리는 자신의 추측이 사실이 아니기를 바랐다. 곁눈질로 시아를 보니 시아는 혐오스럽다는 눈길로 문을 노려보고 있었다. 진의 투덜거리는 소리가 들렸다.

"냄새는 맞으니까 이름까진 나오잖아. 아까 내가 송아영은 왼손 검지라고 했는데, 네가 새끼손가락 대니까 아예 등록되지 않은 지문이라고 나왔거든."

"그러면 문이 열리든가! 아, 이게 뭐야. 혹시 몰라서 열 개씩 다 잘라 왔는데!"

투두두두두둑. 적어도 스무 개 이상의 물체가 복도 바닥에 내던져지는 소리가 들렸다.

"아, 미치겠네. 렌! 그사이에 애들 어디로 튄 거 아니지? 아직 이 안에 있지?"

베이의 추궁에 렌의 느긋한 목소리가 돌아왔다.

"몰라. 튄다고 말하고 튀었겠어?"

"창문 아래 뭐 떨어지는 소리 안 났어?"

"여기 매미 소리 장난 아냐. 애가 뛰어내리는 건 고사하고 책상을 던졌어도 몰랐을걸."

"아, 헛고생 진짜 싫어."

베이는 쾅, 문을 차더니 복도를 달려 내려가는 듯 쿵쾅거리는 소리를 내며 멀어졌다. 그 뒤를 따라 하나둘 자리를 뜨는가 싶더니, 류의 목소리가 들렸다.

"토토, 그거 다 줍고 가게?"

토토의 대답 소리도 들렸다.

"아무래도 좀 그렇잖아. 사람 손가락 몇십 개가 복도에 굴러다니면."

"그러네. 그럼 빨리 줍고 와!"

토토가 정말로 손가락을 줍는지 작은 통 안에 뭔가 떨어지는 소리가 일정하게 울렸다. 유리는 다리에 들어가지 않는 힘을 억지로 주며 문 앞까지 무릎으로 기어갔다. 시아가 유리의 어깨를 잡았다.

"걱정 안 되기 시작했어."

"뭐?"

유리가 돌아보며 핏기 가신 얼굴로 묻자 시아가 고갯짓으로 문 쪽을 가리켰다. 문이 열리는 소리가 경쾌했다. 최진, 입실하십시오. 토토가 아무 표정 없이 손가락 하나를 들고 둘에게 어깨를 으쓱해 보였다.

"입김 좀 불면 인식되는데. 베이가 참을성이 없네."

8.5

렌의 경우

천 개의 다이아몬드 중 진짜 하나를 가려내려면 얼마나 많은 노력이 필요할까. 렌은 손짓 열 번이면 그 일을 해낼 수 있었다. 두 갈래 길에서는 언제나 정답을 맞히는 능력, 판단자. 천 개를 두 덩어리로 가르고, 가르고, 또 가르면 열 번 안에 정답이 나왔다. 세상에는 다섯, 열 중에 정답을 맞히는 판단자가 있다는 소문도 돌았지만 '둘 중 하나'를 고르는 판단자도 충분히 귀한 능력자였다.

렌은 쌍둥이로 태어났다. 쌍둥이 여동생은 '대적자'였다. 판단자는 나이와 숙련도에 따라 다양한 임무에 투입되었다. 가짜와 진짜, 진실과 거짓, 발발과 불발. 쌍둥이의 부모님에게는 아무런 초능력이 없는데도 두 아이가 서로 정반대에 가까운 초능력을 가지고 태어난 건 가히 기적적인 일이었다.

렌은 뛰어난 판단자였다. 진실과 거짓을 감별하는 일에 거침이 없었다. 때로는 누군가가 입을 열기조차 전에 앞으로 할 말이 진실인지 거짓인지 알 수 있었다. 자연히 렌은 주변 사람들의 마음을 읽는 일에 익숙해졌다. 나를 사랑한다는 엄마의 말은 거짓. 어쩌다 저런 애가 태어났는지 모르겠다는 아빠의 분노는 진짜. 나와 친해지고 싶다는 저 말은 진짜. 그러나 내가 두렵지 않다고 하는 저 말은 거짓. 놀라운 이분법의 세계에 마음껏 빠져 살 수 있었다. 누구에게도 마음을 열지 않고 단단히 틀어박혀 엄중한 감시와 보호 아래 생을 살아갈 수 있었다.

렌의 여동생이 없었더라면.

렌의 여동생은 태어날 때부터 앞을 잘 보지 못했다. 그럼에도 불구하고 '걱정하는 일은 일어나지 않는다'는 특성을 살려 넘어지거나 다치는 일 없이 일상생활 정도는 무난하게 할 수 있었다. 보이는 것 대신 느끼는 것과 걱정하는 것으로 세상을 감각하는 동생은 렌을 느끼면 항상 다가와 손을 잡았다. 그리고 환하게 웃었다. 렌의 냉소를 모두 녹여 버리려는 것 같았다. 동생은 바깥에 나갈 일이 적었다. 그래서 자신이 대적자인 것을 아주 늦게 알았다. 렌의 동생에게 렌은 늘 화가 나 있는 특이한 형제였고, 부모는 세상의 전부였다. 아주 작은 세상에서 살아가는 천사 같은 동생. 동생은 세상 모두가 초능력자인 줄 알았다. 저마다 다른 초능력을 지니고 사는 거라서, 초능력이라는 것이 특별한 줄도 몰랐다.

유리를 처음 보았을 때 렌은 많이 놀랐다. 불안으로 일렁이는 눈동자만 빼면 유리는 동생과 많이 닮았다. 렌의 원래 외형도 지구인과 흡사했기에, 하마터면 유리를 보고 소리를 지를 뻔했다. 렌이 소리를 지르지 않은 것은 유리의 불안 때문이었다. 동생은 눈동자에 불안을 담은 적이 없었다. 초점을 잘 맞추지 못해 눈동자에 어떤 감정을 담아도 쉽게 알아차리지 못했다. 하지만 렌은 동생의 눈동자에 단 한 번 선명하게 깃든 감정을 본 적이 있다. 그건 공포심이었다.

"판단자는 보통 빨리 죽거나 미친다던데."

렌의 나이가 성인에 가까워졌을 때, 정기적으로 오던 의뢰인은 아무렇지도 않게 말했다. 어른이 되고도 이성을 유지하는 판단자가 매우 적다는 건 렌도 이미 알고 있었다. 통계자료가 알려 주었다. 그럴 만도 했다. 세상에 '알 수 없기에 탐구하고 싶은 것' '알고 싶기에 사랑하고 싶은 것'이 판단자에게는 없다. 그레이존과 스펙트럼이라는 게 없는 인생은 쉽게 질리고 쉽게 자신을 쾌락 같은 것에 내던지게 만들었다. 렌은 성격이 좋진 않았지만 분명 이성을 유지하고 있는 판단자였다. 렌의 냉소를 본 의뢰인은 가방에서 파일 하나를 꺼냈다.

"이거, 평행우주 전체 초능력자 종류 편람이야. 새로 발견된 초능력이 꽤 있거든. 난 다 외웠으니까 있으면 써먹기 유리한 쪽하고 없는 편이 나은 것들로 분류 좀 해 줘."

파일은 두꺼웠다. 렌은 그 내용을 다 읽을 필요까지는 없었다. 기준을 정한 뒤 파일에 손만 대면 분류할 수 있었다. 렌은 파일을 넘겨받으며 얼굴을 찡그렸다.

"써먹기 유리한 쪽과 없는 게 나은 쪽이라니, 기준이 불분명해요."

"그런가? 어떻게 말해야 우리 판단자 씨가 분류하기 쉬우려나."

의뢰인은 킥킥 웃더니 생각에 잠겼다.

"지구를 멸망시킬 수 있는 능력과 없는 능력으로는? 판단할 수 있어?"

렌이 곧바로 되쏘았다.

"사람을 죽일 수 없는 초능력은 없어요. 발휘할 방법만 알면 내 능력으로도 당신은 죽어요."

의뢰자는 어깨를 으쓱하고 파일 위로 손가락을 두드렸다. 탁. 타다닥. 리드미컬한 소리에 렌의 미간이 구겨졌다.

"기준 제시도 못 할 거면 가져가요."

그러자 의뢰인이 손가락 놀음을 멈추고 정색했다.

"그럴 수야 없지. 그럼 편람이 3년에 한 번 나오니까, 3년 내에 전 지구적 재앙을 일으킬 가능성이 80퍼센트 이상인 것과 80퍼센트 이하인 것. 그리고 80퍼센트 이하에서는 40퍼센트 이상과 이하로. 그 정도 기준으론 가능하지?"

"제 능력은 판단이지 미래 예측이 아닌데요."

"할 수 있는 거 다 알아. 빼지 마. 넌 내가 너를 지금 죽일 수 있을 것 같아, 없을 것 같아?"

의뢰인은 말을 끝내고 아무 표정도 담지 않은 눈으로 렌을 보았다. 렌은 대답했다.

"죽일 수 있겠죠. 알았어요. 일 해 놓을게요."

의뢰인이 떠나고 렌은 짜증을 내며 파일 안의 종이를 방바닥에 쏟아 버렸다. 후두두둑, 수백 장의 종이가 쏟아진 바닥 위로 동생의 발이 살그머니 드리워졌다.

"무서운 아저씨 갔어?"

"응. 바닥에 종이 많아서 미끄러우니까 어디 앉아."

렌은 80퍼센트 기준에 맞추어 종이를 분류하기 시작했다. 명칭만 보고 판단할 수 있다고 해도 시간이 좀 걸릴 것 같았다. 정신을 집중해야 하는 성가심은 덤이었다. 동생이 의자에 앉은 것을 확인하고 렌은 다시 작업에 들어갔다. 바스락바스락 소리가 방 안을 가득 채웠다. 동생은 소리가 좋다며 흥얼거리다가 문득 생각난 듯 물었다.

"그런데 왜 나는 무서운 아저씨 못 마주치게 해?"

"그 아저씨는 감별사니까. 너를 보면 네 초능력도 알아볼 거라고."

"초능력은 나도 있고 너도 있고 그 아저씨도 있잖아."

"얽혀서 좋을 건 없어."

렌은 말하며 계속 종이를 분류했다. 80퍼센트 이상을 분류하는 작업은 금방 끝났다. 새로 추가된 초능력 목록 중에서는 열다섯 개 정도가 속했다. 렌은 호기심에 하나하나 초능력 설명을 읽어 보았다. 그중 하나에 렌의 시선이 못 박혔다. 렌은 흥얼거리며 발 장난을 하는 동생에게 최대한 침착한 목소리로 물었다.

"너, 지금 뭐 걱정되는 거 있어?"

"없는데?"

"그럼 한번 생각해 봐. 3년 내로 네가 지구를 망하게 할까 봐 걱정돼?"

동생의 얼굴이 굳었다.

"무슨 소리야. 내가 무슨 능력으로?"

"해 봐."

동생이 한참 입을 다물고 있다가 대답했다.

"걱정 안 돼. 걱정하려고 하는데, 걱정이 안 돼."

렌은 '대적자'에 대한 설명이 적힌 종이를 꽉 쥐었다. '남의 걱정을 대리함으로 걱정 자체를 무효로 만드는 자'는 80퍼센트 이상 확률 목록에 들어 있었다. 렌은 다시 물었다.

"1년 내로 범위를 좁혀 봐."

"아, 그건 걱정된다."

그렇다면 1년 이상 3년 이하의 시간이 남은 셈이었다. 렌은 빠르게 종이를 쓸어 담았다. 1년이라는 시간 동안 동생을 어디론가 보내 버릴 준비라도 하면 되겠지. 능력을 쓰지 말라고 해도 되고. 지구가 망하든 말든 알 게 뭐야. 쟤는 내 쌍둥이 동생인데. 현관 앞까지 날아간 종이를 주우러 걸어갈 때, 문이 열렸다.

의뢰인이었다.

앉아 있던 동생이 소리에 놀라 시선을 문 쪽으로 돌렸다. 렌은 동생을 가리려고 했지만 의뢰자의 손이 훨씬 빨랐다. 의뢰자는 빠르게 렌의 어깨를 밀치고 신발을 신은 채 집 안으로 들어왔다.

"처음 보는 얼굴 같은데, 넌 누구지?"

동생은 바닥으로 내려와 렌의 비명이 들린 쪽으로 기어갔다. 하지만 의뢰자는 동생의 턱을 잡아 자신의 눈을 보게 했다. '감별사'의 눈이었다.

"너, '대적자'구나. 초능력 있지?"

"이상한 능력은 누구나 있는 거잖아요! 대적자가 뭐예요!"

동생이 악을 쓰자 의뢰인은 힐난하듯 렌을 내려다보았다. 그리고 렌이 따로 모아 둔 종이 중 유난히 구겨진 한 장을 펼쳤다.

"이쪽이 위험군이지?"

"망할."

렌이 어깨를 잡고 신음 같은 욕설을 내뱉었다. 의뢰인은 대적자 설명 종이만 주머니에 쑤셔 넣고 다시 현관 쪽으로 향했다.

"너무 걱정 마. 이런 능력이 대체 어떻게 세상을 망하게 하겠어? 나도 목록 다시 보고 오류 있나 확인할게. 어깨 밀친 건 미안하다."

의뢰인의 발소리가 멀어지자 렌이 소리쳤다.

"거짓말하지 마!"

어깨 밀친 게 미안하다는 말도. 오류를 확인하겠다는 말도. 이런 능력이 세상을 망하게 할 리 없다는 말도. 걱정 말라는 말도. 전부 거짓말이었다. 판단자 앞에서 그런 거짓말을 한다는 건 협박이나 다름없었다.

네 동생은 이제 연구 대상이 될 것이라는 협박.

높은 확률로 제거될 것이라는 협박.

그 과정이 결코 인도적이지도, 달콤하지도 않으리라는 것을 렌은 단박에 알 수 있었다. 시간이 없었다. 의뢰인, 감별사가 조직을 설득해 동생을 데려갈 때까지 얼마나 남았을까? 렌은 두 가지로 시간을 나누었다. 한 달 이내와 한 달 이후. 한 달 이후가 선택되었다. 한 달 이후와 두 달 이후. 한 달 이후가 다시 선택되었다. 한 달이 지나면 동생은 처음부터 없었던 것처럼, 여기서 사라지고 말 거였다. 도망갈 수 있는가, 없는가? 없다. 렌은 바닥을 더듬으며 종이를 모으는 동생에게 다가갔다. 어깨를 쥐고 눈을 맞추었다. 조금 흐린 눈동자가 렌을 향했다. 흐린 날에도 해는 구름 뒤에서 빛나듯이, 언제나 렌을 감싸 주던 햇살 같은 눈동자.

3주하고 이틀 후, 렌은 건물 옥상에서 동생을 밀었다. 종종 약한 도수의 술을 가지고 둘이 놀러 가던 옥상이었다. 렌은 취기가 도는 머리로 옥상 아래를 내려다보았다. 웅성거리며 사람들이 몰려들고 있었다.

"미안해."

렌은 스스로 햇살을 포기했고, 그 결과 지구는 망하지 않고 3년을 넘겼다.

9

걱정 없는 밤길에

환한 형광등 불빛 아래 핏자국이 군데군데 말라붙어 있었다. 토토는 나머지 손가락도 다 주워 작은 상자에 넣고 아직도 교실 입구에 있는 유리와 시아를 바라보았다. 이상하게도 그 눈에는 호기심이 어려 있었다. 시아가 렌에게 질문을 했을 때처럼. 토토가 상자를 옆구리에 끼고 다가와 시아를 손가락질했다.

"네가 여기의 시아구나."

"응."

시아는 태연히 대답했다. 반쯤 엎드려 있는 유리와 시아를 번갈아 보더니 상자를 등에 멘 가방에 넣었다.

"손가락질은 무례한 거였나? 미안. 지구마다 예법이 다르단 말이지."

유리는 떨리는 목소리로 토토에게 물었다.

"우릴 죽일 거야?"

"아니."

토토는 빠르게 대답했다. 그리고 흥미로운 듯 시아와 유리를 번갈아 보았다. 사람이 동물원의 동물들을 보듯.

"재미있네. 여기선 너네 둘이 종이 같아서 그런가. 되게 닮았다."

그리고 천천히 유리를 일으켜 앉혔다.

"나랑 걔는 종이 달랐거든. 나는 두 발, 걔는 네 발. 그래서 힘든 일도 있었어. 우리 지구도 종끼리 사랑에 빠지는 게 보편적이라서. 너넨 좋겠네."

사랑이라. 유리는 멍한 와중에 생각했다. 사랑인가? 이렇게 앞뒤 없이 위험한 일을 저지르는 게, 사랑인가?

처음엔 그냥 걱정되는 마음뿐이었다. 그다음에는 너네가 뭔데, 운명이 뭔데 얘까지 건드리냐는 짜증이 섞였다. 시아가 자신의 걱정을 가져가려 시도한 다음에는 딱한 마음도 들었다. 그런 게 다 섞이면 사랑이 되나?

"사랑이 아닐지도 모르겠는데, 붉은 실로 엮인 홍연자끼리는 사랑하게 되더라고. 음. 홍연자는 우주 공통으로 쓰는 말."

"말 예쁘다."

시아가 순수하게 감탄하듯 말했다. 토토는 시계를 흘끗 보더니 일어섰다.

"베이 저거, 손전등도 내던지고 갔네. 성질하고는. 뒷산으로 가 봐. 거기 개네가 있으니까."

"죽으러 가라고?"

날 선 유리의 목소리에 토토가 싱긋 웃으며 고개를 저었다.

"아니, 죽을 위기에 빠지면 내가 구해 주려고. 그러면 평행 우주가 한 번쯤 눈감아 줄지 누가 알아."

"뭘 어떻게 할 건데."

경계심을 거두지 않은 유리를 보며 토토는 여전히 웃으며 대답했다.

"내 초능력, 역중력이잖아. 산으로 올라가면 베이하고 나머지는 너네를 낭떠러지 쪽으로 몰 거야. 나는 낭떠러지 아래에 있을 거고. 내가 신호하면 뛰어내려. 받아서 감춰 줄게. 우리가 닷새간 여행할 수 있다고 해도, 돌아가는 데는 여러 가지 절차가 필요해. 그걸 다 감안하면 몇 시간 안 남은 거나 마찬가지야. 벌써 자정이 지났으니까…… 정말 시간이 없네. 그 정도는 할 수 있지? 너넨 항온동물이지만, 지금은 겨울도 아니고. 얼어 죽진 않겠지."

유리의 마음이 조금 누그러졌다.

"왜 우리를 살려 주려고 해?"

"나는 내 시아를 죽이는 데 오래 걸렸어. 대여섯 번쯤 죽인 셈이니…… 그러면 여기서 한 번쯤 나는 살려 줘도 되잖아."

"진심이야?"

유리의 질문에 이번에는 시아가 대답했다.

"진심이야."

시아가 군데군데 찢어진 토토의 옷을 빤히 보았다. 토토는 "이게 다 진 때문이야"라며 고개를 절레절레 저었다. 시아는 할머니가 준 옷을 토토에게 건네주었다. 토토는 잠시 그 옷을 받아 들고 냄새를 맡더니, 몸에 꿰어 입었다. 옷이 조금 작은 듯했지만 찢어진 자리를 가려 주기엔 적당해 보였다. 토토는 가방을 추슬러 메곤 손을 흔들며 중앙계단 쪽으로 걸어갔다.

중앙계단을 내려가며 토토가 중얼거린 말들은 토토의 발소리에 묻혔다.

"나도 초능력이 두 개야. 우리가 서로 소개할 때 나는 그냥 능력자라고 했지, 정식 명칭을 말 안 했지? 그건 미안하게 생각해. 하지만 밝히면 곤란하거든."

중앙계단 맨 아래에서 위를 올려다보며 토토는 말했다.

"나는 설득자야. 능력을 쓰는 동안은 모두가 내 말을 진심이라 믿게 만들 수 있어. 그래서 베이가 나를 데려간 거지."

토토는 고개를 숙이고 중얼거렸다.

"너희에게 말한 건 정말로 진심이었지만."

유리와 시아는 복도에 흩어진 핏자국들을 보다가 천천히 계단을 내려갔다. 시아가 습한 여름밤의 싸늘함을 지우려는 듯 종알거렸다.

"와, 내가 죽으면 저 손가락 주인들은 어떻게 하지? 되게 놀랐겠다. 갑자기 밤중에 이상한 사람들이 들어와서 손가락을 막⋯⋯."

유리가 헛구역질을 하자 시아는 미안한 듯 슬그머니 말꼬리를 흐렸다. 학교 뒤편의 산 입구에 도착하자 몇 군데 불빛이 보였다. 세 개였다. 베이가 손전등을 던지고 갔다고 했으니 누군가와 함께 있어야 할 테고, 나머지 넷 중 토토는 낭떠러지 아래에 있겠다고 했다. 유리는 그동안 꾼 예지몽 중에 낭떠러지를 찾아가던 꿈이 있었는지 더듬었다. 구름이 끼어 부연 하늘처럼 기억이 나지 않았다. 시아가 유리의 손을 이끌었다.

"괜찮아. 내가 걱정되는 길로만 가면 낭떠러지야."

"낭떠러지를 찾아가는 여행이라니."

"미안해. 이런 식으로 걱정하는 사람이라."

진심으로 미안한 듯 시아가 쓰게 웃었다.

"내 걱정을 이렇게 쓸 수 있구나. 좀 신기하긴 하다. 어쩌면 나는 할머니 손에 안 컸어도 됐겠네. 엄마 아빠 걱정을 좀 했더라면.”

“어렸을 때랬잖아.”

유리가 중얼거리며 그 손을 잡고 산을 오르기 시작했다. 한시가 얼마 남지 않았다.

“하아, 하…… 으악!”

시아가 돌부리에 걸려 넘어지며 비명을 질렀다. 손전등 없이 오르는 밤의 산길은 한 치 앞도 볼 수 없는 어둠이었다. 달빛이라도 있으면 좀 도움이 될 텐데 구름이 그마저도 가리고 있었다. 발에 채이는 돌과 발목을 베는 풀잎. 정신없이 얼굴과 팔다리를 긁는 나뭇가지. 날아다니는 야행성 벌레들. 여름의 생육은 둘을 잡아 삼킬 듯이 왕성했다. 시시때때로 울어대는 벌레 소리가 그나마 발자국 소리를 가려 주었다.

손전등 빛이 번쩍거리는 곳을 피해 가며 둘은 낮게, 낮게 기었다. 두 손을 깍지 낄 사이도 없었다. 손인 줄 알고 잡으려고 보면 제멋대로 자란 나뭇가지였다. 위로. 더 위로. 낭떠러지는 가장 높은 곳에 있다고 했다. 드러난 살의 피 냄새를 맡고 산짐승이라도 찾아올세라 유리는 두려웠다. 시아의 죽음보다 기껏해야 살쾡이일 산짐승이 두렵다니 이상한 일이었다. 시아의 손에서 손톱이 빠졌는지 피가 흘렀다.

“저쪽 비춰 봐.”

베이의 목소리가 가까이 들려 둘이 나란히 바위 밑에 웅크리기도 했다.

"아, 여기 더워."

시간 능력자 류의 목소리에 화들짝 놀라 황급히 바닥에 얼굴을 묻기도 했다.

"즐거운 곳에서는 날 오라 하여도……."

손전등을 흔들며 콧노래를 부르는 렌이 바로 옆을 스쳐 지나가기도 했다. 입을 막을 수도 없었다. 피와 흙, 먼지가 뒤엉켜 손은 엉망진창이었다. 가장 위험한 건 아마도 베이와 함께 있을 진이었다. 제발 둘만 안 마주치기를 빌며 유리와 시아는 바위를 몸으로 긁어 가며 기어올랐다. 저 위에서 자신들을 기다리고 있는 것이 낭떠러지라니. 그것이 자신들의 유일한 구원일 것이라니 정말 말도 안 되지. 걱정하는 일이 일어나지 않는 것만큼이나 이상한 일이지.

유리는 이 모든 게 환각이고 우울증 약을 먹고 잠들어 꾸는 악몽이길 절실하게 빌었다. 그러나 고통은 유리가 현실에 있음을, 그리고 시아의 할딱거리는 숨소리는 유리에게 지킬 것이 있음만을 일깨워 주었다. 차라리 아무것도 몰랐더라면. 후회해 보았자 이미 늦었다는 것을 알면서도 유리는 바위의 끄트머리를 잡고 몸을 솟구치며 기도했다.

'이 모든 것이 나의 환각이길.'

눈을 뜨면 칼날투성이 숲을 맨발로 걷고 있더라도, 차라리 혼자 걷는 편이 행복할 것 같았다. 마지막 바위에 올라선 시간은 세 시 이십 분. 구름이 물러가 달빛이 땀과 피, 흙먼지로 젖은 둘의 몸을 그대로 드러냈다.

"저기야!"

베이의 외침이 들렸다. 잡힐 수는 없었다. 벽을 부수는 진의 힘이, 손가락 열 개를 분필처럼 집어 던지는 베이의 잔혹성이 시아를 붙잡게 놔둘 수는 없다. 그래도 삼 초쯤은 시간이 있겠지. 유리는 허탈하게 웃으며 시아를 꼭 껴안고 속삭였다. 하나, 둘, 셋 하면 뛸게. 너는 제발 너만 걱정해.

9.5

같은 존재니까

평행지구에 여행을 와서 제일 번거로운 것은 숙소 문제였다. 다섯 명은 모두 성인 여성의 외모를 하고 있었지만 지구, 한국에서 통용되는 신분증은 없었다. 공항을 통해 오는 게 아니기 때문에 여권도 없었다. 그나마 가장 최근에 도입된 규정으로 일행당 스마트폰 한 대 정도는 지급받을 수 있었다. 밥을 먹으러 갈 때나 음료수 한두 캔을 살 때 신분증 제시를 요구받는 일은 없지만 숙박 문제는 달랐다. 예약을 하려고 해도 신분증이 필요했고, 길거리에서 밤을 새우는 것은 익숙하지 않은 신체에 피곤함만 더했다.

셋째 날 밤, 다섯은 숙박업소 간판이 번쩍이는 거리의 카페에 앉아 스마트폰 지도를 들여다보았다. 주변에 걸어서 갈 수 있는 모텔 이름을 쭉 종이에 적은 다음 베이는 륜에게 하나하나 짚어 가며 물어보았다.

"여기 신분증 검사해?"

"해."

"여기는?"

"해."

"그럼 여기는?"

"안 해."

"두 팀이 가도 안 해?"

"그럼 해."

"젠장."

'판단자'의 능력은 절대적이었지만 주관식이나 객관식에 통하는 힘은 아니었다. 오로지 그렇다 혹은 아니다로 답하는 질문에만 발휘할 수 있었다. 신분증 검사를 하느냐 안 하느냐, 이 말이 진실이냐 거짓이냐. 이 음식은 위험하냐 안 위험하냐. 위험하다면 먹으면 죽느냐 안 죽느냐. 시아와 '나'의 관계가 멸망을 불러일으킨다는 확신을 가질 수 있었던 것도 수천 개의 옵션을 둘로 자르고 자르며 절반씩 소거한 렌 덕분이었다.

"그럼 셋으로 나누자. 나랑 륜이 한 조, 토토랑 렌이 한 조. 진은 혼자 자."

"두 개를 더 찾아야 한다는 거잖아."

진은 삐죽 입술을 내밀었다.

"난 밖에서 자도 안전하다니까? 변형자가 왜 강한지 몰라?"

"시끄러. 밖에서 자면 냄새나. 씻어야 할 거 아냐."

리스트를 다 훑고 났을 때 신분증 검사를 하지 않는 곳은 두 군데뿐이었다. 베이는 한숨을 푹 쉬고 말했다.

"자는 문제가 제일 어려워."

토토가 종이를 손으로 짚다가 의견을 냈다.

"인과율자랑 관측자는 같이 자는 게 나아. 뭔가 관측이 되면 즉시 행동할 수 있으니까. 나머지에게 무슨 일이 생겨도 연락만 잘하면 시간을 되돌릴 수 있고. 그럼 진이랑 렌이 같이 자면 어때?"

"진 잠버릇 더러워."

렌이 얼굴을 찡그렸다. 네발동물이 두발동물 모습을 하고 있으니 무의식 중에는 엄청나게 요란하다는 게 베이의 증언이었다. 렌이 찡그린 얼굴을 풀지 않고 팔짱을 꼈다.

"그리고 역중력자는 밖에서 자면 위험해. 진을 내보내는 게 낫지."

"아니, 그게 아니라. 너네 들어가서 창문만 열어 놔. 그럼 내가 창으로 들어가면 되잖아."

"모텔 창문은 작아."

륜이 지적했지만 토토는 리스트에서 동그라미를 친 곳 중 하나를 손으로 짚었다.

"렌, 여기 창문으로 나 들어갈 수 있어?"

"있어."

"그러면 진하고 렌이 여기서 자면 되지."

둘씩 짝을 지어 들어간 후, 토토는 열린 모텔 창문 쪽으로 역중력을 써 날아올랐다. 안에서 렌이 손을 잡고 끌어당겼다.

"진 씻으라고 들여보냈어. 쟤는 씻는 걸 왜 싫어하지?"

"종족 특성인가 보지."

한 사람씩 씻고, 잠버릇이 나쁜 진이 바닥에 내려가 몸에 시트를 둘둘 말았다. 렌과 토토가 침대에 눕자 진이 가르릉거리는 소리가 들렸다. 렌은 지긋지긋하다는 듯 귀를 막았고, 토토는 헛웃음을 지었다. 토토가 렌의 옷깃을 끌어당겼다.

"할 말이 있어."

"뭔데."

"베이하고도 상의한 얘기야."

"그러니까 뭔데."

토토가 비밀이라도 말하듯 속삭여 물었다.

"만약 유리가 시아를 죽이고 자기도 죽으면 이 지구 망해?"

렌이 잠시 입을 다물었다가 대답했다.

"안 망해."

"그렇구나. 너는 왜 동생을 죽이고도 살아남았어?"

렌이 딱딱하게 대답했다.

"그들이 나를 안 죽였으니까."

토토가 손을 내저었다.

"그거 말고. 왜 네가 살아남기로 했냐고."

렌이 조용히 토토를 노려보았다. 토토는 그 눈빛을 받아냈다.

"너는 왜 안 죽었는데."

토토가 바닥에서 굴러다니는 진을 힐끔 쳐다보고 말했다.

"감시당했거든. 내가 네발동물도 죽일 수 있는 힘을 가졌다는 걸 증명해 버린 이후로, 사형집행인으로 써먹을 생각이었나 봐."

렌이 눈에 힘을 풀었다.

"비슷해. 판단자는 귀한 인력이거든. 외교나, 범죄나, 여러 가지 양자택일에…… 나는 이미 자살하기엔 심하게 감시당하고 있었어."

"그럼 딱히 네 의지로 살아남은 건 아니구나."

토토의 낮아진 목소리에 렌이 답했다.

"죽을 수가 없는 환경이었어. 베이가 관측자의 힘으로 날 빼 오지 않았다면 아마 어떻게든 죽었을지도 모르지만."

"그렇구나."

토토가 대답하고는 잠든 진을 위협하듯 쉿 소리를 냈다. 진이 잠결에 알아들었는지 끄르릉, 소리를 내더니 조용해졌다.

"진도. 외교 문제랑 두족류를 죽일 수 있는 존재가 된 상황이 얽혀서 감시당했대."

"이 방에는 살기 싫었던 사람만 모였네 그래."

렌의 퉁명스러운 말에 토토가 베개에 얼굴을 묻고 숨죽여 웃었다.

"있지. 유리라는 애, 예지몽을 꾸는 거랑 우리를 알아보는 거 빼고 다른 초능력 없어?"

토토의 흥미 어린 말투에 렌은 짧게 대꾸했다.

"없어."

토토는 베개를 껴안고 옆으로 누워 미소를 지었다.

"이 지구에는 초능력자를 등록하거나, 특별히 관리하는 기관도 없지? 그쪽으로 발달을 안 한 지구니까."

"응."

"그러면 유리가 시아를 죽이고 자살하려고 해도 아무도 못 말리겠네?"

렌의 표정이 일그러졌다.

"젠장."

토토가 종알종알 말을 이었다.

"나는 공개 처형을 한 셈이고, 륜도 목격자가 있었고, 진도 그랬지. 그래서 바로 현장에서 잡힌 거야. 하지만 이 지구의 유리가 시아를 사람들 보는 데서 죽이려 들까? 아마 은밀한 데서 하겠지? 시아가 죽고 나면 자기도 죽고 싶겠지?"

렌이 토토의 위로 올라탔다. 토토는 똑바로 누워 렌을 올려 다보며 더 환하게 웃었다.

"우리라고 안 죽고 싶어서 살았을까? 죽고 싶었는데 죽지 못한 거지. 그런데 이 지구에서는 걔가 죽음으로 도피할 가능 성이 너무 높아 보여서. 걔만 도망치게 놔두기 싫어. 협조해 줄래?"

렌은 한 번 숨을 깊게 내쉬었다.

"베이하고도 다 협의된 얘기라고 했지?"

"그럼."

토토가 웃음을 거두지 않고 말했다.

"내일 아침에 진한테도 말할 거야. 나는 자비롭게 걔네를 풀어주는 척할게. 네가 밑밥을 좀 깔아 줘. 우리 중 일부는 베 이에게 반감이 있는 것처럼. 시아를 살려 줄 수 있는 것처럼 살살 꼬드겨 봐. 그다음은 내가 알아서 할게."

렌이 한쪽 입꼬리를 일그러뜨리며 마주 웃었다.

"그래. 내가 긴장을 풀고, 네 초능력이 쐐기를 박는 거지?"

"나는 설득자니까."

"그 잘난 설득자가 왜 애인은 못 구하셨을까."

렌이 다시 토토의 옆에 누웠다.

"유리를 혼자 두지 말자."

토토가 렌의 얼굴에 손을 대며 속삭였다. 렌은 동생을 닮은 유리의 얼굴을 떠올렸다. 그 얼굴에 무슨 표정이 떠오르더라도, 다시 죽는 것을 보고 싶지는 않았다.

"절대 죽을 수 없게 할 거야."

렌은 토토의 손을 마주 잡았다.

10

살리는 쪽

유리가 낭떠러지에 서 본 것은 처음이었다. 학교 뒷산에는 쓰레기나 버려져 있고 가끔 애들이 탈선해서 비행을 저지르는 장소라고 생각했다. 그런데 끝까지 올라오니 낭떠러지에서 일 미터쯤 떨어진 곳에는 철조망이 있고 철조망 너머에는 밭이 있었다. 이 철조망은 아마 토사가 쓸려 내려가는 걸 막기 위해 둘렀을 거라고 유리는 생각했다. 꽉 껴안은 몸이 맞닿아 두 개의 심장이 고동쳤다. 겉옷을 토토에게 내준 시아의 몸은 서늘했다. 뛸 수 있을까. 우리 뛸 수 있을까. 유리는 묻고 싶었다. 그러나 어느 대답이 들려오든 선택지는 하나였다. 토토를 믿고 뛰는 것. 시아가 단단히 유리의 등에 팔을 감았다. 목소리들이 다가오는 것을 온전히 귀와 온몸으로 느끼며 유리는 낭떠러지 끝 허공으로 발을 디뎠다.

낙하.

빠르게, 빠르게 귓가에 바람 소리가 스쳐 지나갔다. 낭떠러지 아래는 완연한 허공인 듯 몸에 걸리는 것도 없었다. 유리가 꼭 감은 눈을 뜨려고 안간힘을 쓸 때 둘의 몸이 허공에 멈췄다.

토토였다.

시아의 무게가 느껴지지 않았다. 눈을 뜨고 아래를 내려다보니 토토가 손전등으로 허공에 뜬 두 사람을 비추고 있었다. 역광이라 잘 보이지 않았지만 유리는 어쩐지 토토가 웃고 있을 거라는 느낌이 들었다. 그다음 차례는 둘을 숨기는 것이라고 토토는 말했다. 그러려면 일단 내려가야 할 거라고 유리는 생각했다. 그러나 둘이 떠 있는 곳은 바닥과 아득히 멀었다.

'무슨 일이 일어난 거지?'

유리가 스스로에게 묻는 그 순간 팔 안에서 묵직한 무게가 느껴졌다.

"뭐야……?"

시아가 눈을 뜨고 유리를 올려다보았다. 한 뼘 거리의 시선. 시아의 눈은 혼란스러운 듯 여러 번 깜박였다. 시아는 토토를 보려는 듯 고개를 돌리려고 했다.

"안 돼!"

지금 유리가 느끼는 것이 시아의 무게라면 시아가 고개를 돌리는 것은 무게중심을 뒤틀어 놓는 행위가 될 것이다. 유리는 시아에게 고개를 돌리지 말라고 빠르게 속삭였다. 그리고 자신의 몸으로 버티는 이 무게가 시아의 몸무게라는 것을 알아차렸다.

"왜……."

시아를 안고 오래 버틸 수는 없었다. 작고 말랐다고 해도 사람 하나의 무게였다. 벌써부터 어깨가 빠질 듯 아파 왔다. 일 초, 이 초……. 태어나서 가장 느리게 가는 시간을 맛보며 유리는 무력하게 손전등 불빛이 비추는 쪽을 내려다보았다. 비명을 지를 수도 없는, 도망갈 수도 없는 어두운 허공. 시아가 유리의 등에 깍지를 꽉 낀 채 가볍게 두드렸다. 그리고 속삭였다.

"미안해."

유리는 점점 더 혼란스러워졌다. 웅성거리는 소리가 점점 커졌다. 아래에 네 명이 다 모여 있는 것 같았다. 렌이 손전등을 켜 땅에 놓자 넷의 실루엣이 확실하게 보였다. 토토는 한 손으로는 손전등을 들고, 한 손으로는 무언가를 잡아당기듯 손끝에 힘을 주어 살짝 웅크리고 있었다.

"진심이라며."

유리는 시아에게 말했다. 토토가 그랬다. "나는 내 시아를 죽이는 데 오래 걸렸어. 대여섯 번쯤 죽인 셈이니…… 그러면 여기서 한 번쯤 나는 살려 줘도 되잖아." 그 말을 시아는 진심이라고 했다. 시아는 다시 작게 대답했다.

"한 번쯤 나는 살려 준다고 했지. 토토의 '나'가 누굴까."

유리는 온몸의 힘이 사방으로 흩어지려는 것 같아 입술을 꽉 깨물었다. 저들은 모두 자신이다. '나는 살려 주겠다'는 말은 '나는 너희를 살려 주겠다'가 아니었다. '나는 나를 살리겠다'라는 말이었다. 그리고 토토가 말하는 '나'는 베이이고 륜이고 렌이고 진이자 유리였다. 교묘한 속임수였다. 그러나 왜 이렇게까지. 왜 이렇게까지…… 유리는 마음속으로 비명을 질렀다. 다섯이 시아를 죽일 기회는 수없이 많았다. 렌이 창문을 사이에 두고 말할 때, 토토가 문을 열었을 때, 산을 오르다 소리를 냈을 때. 그런데 왜 지금? 이런 방식으로, 이렇게까지?

"관측자가 모든 멸망을 막을 수 있는 건 아니야."

아래에서 베이가 말했다.

"멸망의 원인은 뚜렷하지 않아. 단지 시아가 죽는다고 세계가 온전하리라는 건 너무 단순한 착각이야."

륜이 손전등을 켜서 자신을 비췄다.

"그래서 관측자와 인과율자는 한 쌍이야. 거기에 판단자가 붙기도 해. 멸망의 원인에 얽힌 수많은 변수를 하나하나 테스트하면서 어느 게 진짜 '멸망'을 불러온 사건인지 알아내고,

해법을 만들지. 너희 지구에서 유행하던 루프물 있잖아. 루프를 빠져나오기 위해 주인공들은 온갖 고생을 다 하지. 우리는 이 멸망을 막기 위한 진짜 방법이 뭔지 확실하게 알고 여기로 왔어."

토토가 손전등을 내려놓았다. 진이 허공으로 떠올랐다. 한 손을 날카로운 발톱이 달린 짐승의 손으로 변형한 진이 희미하게 웃는 얼굴로 그 손을 시아와 유리 사이에 집어넣었다.

"죽을 걱정 안 들지?"

진이 물었다. 시아는 고개를 살짝 젖히며 대답했다.

"안 들어."

"너 대단하더라. 왜 그렇게 우리를, 아, 이건 헷갈리는 명칭이구나. 유리를 살리려고 했어?"

진의 질문에 유리는 파들파들 떨며 팔을 단단히 굳혔다. 이제 더 힘을 주면 시아와 유리의 얼굴이 진의 발톱에 긁힐 수도 있었다. 시아는 곰곰이 생각하는 듯 눈동자를 굴리다 대답했다.

"멀리 떨어지면 너네가 유리를 더 괴롭힐 것 같아서."

"아하."

진은 손을 둘의 얼굴 사이에서 빼냈다. 대신 유리의 등, 시아의 손이 얹힌 그곳을 발톱의 끝으로 톡톡 두드렸다.

"유리야, 손 놔."

전에 없이 다정한 말투. 진에게, 다섯 중 누구에게도 듣지 못한 다정한 말투. 가장 달콤한 독이 들어 있는 사탕처럼. 유리는 악에 받혀 소리쳤다.

"그냥 찔러! 둘 다 찔러 죽이라고!"

진이 피식, 웃는 소리가 들렸다.

"그건 규칙 위반이야."

그리고 시아가 손을 풀어 유리의 목을 졸랐다.

유리는 급습에 놀라 손의 힘을 풀었다. 다음 순간 몸이 가벼워졌다. 몸 안의 무게가 사라졌다.

비명이 시작되기도 전에, 시아는 바닥으로 낙하했다.

굳어 버린 유리를 진이 움켜잡고 바닥으로 내려왔다.

피 냄새. 비린내. 산짐승들은 다 어디로 갔을까. 이리 와서 나를 잡아먹어 주면 안 될까. 진이 유리를 내려놓은 자리까지 피가 튀어 있었다. 진은 유리의 머리 위에서 손전등을 비췄다. 유리는 속에 든 걸 모두 토해 냈다.

'나 때문에. 나 때문이야.'

"크헉, 컥, 우웩……!"

토하고 또 토하자 유리의 목이 아파 왔다. 손에서는 여전히 흙먼지 냄새가 났다. 진은 휴지와 손전등을 내려놓고 넷이 무어라 이야기하는 곳으로 갔다.

시아가 숨을 쉬고 있었다.

"시아야!"

유리는 와락 달려들고 싶었지만, 한 걸음 떨어진 채 이름만 외쳤다. 약한 빛 아래에서 봐도 다친 게 심각했다. 지금 당장 구급차를 부르면? 이 낭떠러지 아래까지 시간에 맞춰 올 수 있을까? 유리는 떨리는 다리를 가누지 못하고 주저앉았다.

"네 걱정만 하랬……잖아…….."

시아의 탓을 할 수 있다면 오로지 그것뿐이라고 유리는 생각했다. 그리고 다 끝난 거라고 생각했다. 그래, 그러면 이제 다시 하루가 시작될까. 손가락이 잘린 애들은 어떻게 되지? 복도의 핏자국은 어떻게 되지? 손시아라는 인간의 흔적은 어떻게 되지? 아, 우린 아직 주민등록증도 안 나왔구나. 그런가? 난 시아 생일이 언제인지도 모르는데? 수십 가지 생각이 유리의 머릿속을 태풍처럼 휘감고 엉켰다. 집에 돌아가면 엄마 아빠는 뭐라고 할까. 이 정신으로 살아갈 수 있을까. 비틀대며 유리는 자신의 다리로 일어섰다.

"이제 가면 돼. 나는 여기 있을 필요가 없어."

스스로에게 최면을 걸듯 중얼거리며 유리가 한 발짝을 내딛었다. 가면 된다. 집으로. 일상으로. 시아는 죽을 테니까.

"안 죽었어! 이대로 가면 실패야!"

베이의 짜증 가득한 목소리가 들렸다. 유리는 생각했다. 나도 알아, 내가 시아를 지키는 데 실패한 거. 너네가 이겼어. 그러니까 나 좀 보내 줘. 약을 못 먹었잖아. 집에 가서 자고 싶어.

잠깐. 안 죽었다고?

"이대로 가면 실패라니, 그런 게 어디 있어?"

토토의 목소리가 들렸다. 몇 마디 고성이 오가더니, 베이가 윽박지르듯 물었다.

"렌! 이대로 얘가 죽으면 자살이야, 타살이야?"

렌의 느릿한 목소리가 유리를 주저앉혔다.

"그대로 두면 자살이야. 다시 해야 돼."

터벅, 터벅, 터벅. 유리의 뒤로 누군가 다가오고 있었다. 진이 티슈를 줬지만 닦을 생각도 못 한 입가가 바싹 말라 왔다. 유리의 뒤에 선 것은 륜이었다. 륜은 티슈를 들고 유리의 입가를 문지르며 속삭였다.

"어떡하지. 우리 모두 실패해 버렸어."

륜이 훅, 입김을 불어 유리의 얼굴에 붙은 흙먼지를 날리며 말했다.

"네가 직접 저 애를 죽여야 해."

10.5

관측자의 시선

베이는 땀투성이인 이마를 닦았다. 여기는 여섯 시 전에 해가 뜰 텐데, 그 전에 어떻게든 이 난장판을 처리해야 했다. 평행우주가 당연시되고 평행우주 간의 여행도 쉬운 경우에는 발생하지 않던 문제였다. 세상에 어느 우주가 평행우주를 인정하지 않으며, 평행지구 여행을 금지한단 말인가. 베이가 보기에 이 지구는 충분히 평행지구 여행을 할 능력이 있었다. 아니, 그건 능력도 아니고 통신과 의지의 문제였다. 그나저나 눈앞에 있는 심각한 중상자를 두고, 정확히는 이 중상자 때문에 일어날 앞으로의 결과를 예측하고 바로잡는 게 관측자의 의무이니 그것부터 행해야 했다.

"저대로 두면 자살이라고?"

판단자, 렌의 대답을 바꿀 수는 없다는 것을 알면서도 베이는 재차 물었다. 이 지구만 끝나면 한동안 쉴 수 있을 줄 알았다. 관측자의 삶은 악몽의 연속이다. 모든 평행지구에서 공통으로 일어나는 현상은 대부분 디스토피아적이다. 죽고, 파괴

되고, 멸망한다. 그 과정에 말려들지 않기 위해 최대한 조심하며 사는 것도 관측자의 운명이었다.

"곧 죽어. 시간 없어. 자살이야."

렌은 할딱거리는 작은 몸을 내려다보며 대답했다. 곧 몸 앞에 쭈그려 앉은 채 렌은 주위로 몰려드는 벌레들을 쫓기 시작했다. 벌레들이 몰려드는 것도 쫓지 못하게 다친 몸. 곧 시신이 되고 말겠지. 시신은 부패한다. 부패는 시간의 흐름을 의미한다. 저쪽에서 륜이 이 지구의 베이를 질질 끌다시피 데리고 왔다. 유리라고 했던가. 그리고 이곳의 대적자 이름은 시아. 종도 같고, 나이도 같고, 신체 조건도 같다. 이렇게 대등한 싸움은 흔치 않은 일이었다. 하지만 그놈의 붉은 실, 우주 공통 용어로 홍연자가 문제였다. 기본적으로 관측자는 홍연자와 사랑에 빠지지 않는다. 머리가 터질 것 같은 삶에 사랑을 우겨 넣는 것은 작은 상자에 온 우주를 꾸겨 넣는 짓이다. 블랙홀을 만드느니, 혼자 지내는 게 나았다. 게다가 홍연자란 대부분 앞으로 거대한 사고를 일으킬 존재였다.

"사랑에 빠지는 것도 홍연자고, 사고를 치는 것도 홍연자고, 나랑 다른 지구의 나도 홍연자고."

베이는 자신의 지구에서 즐기던 파이프 담배라도 들고 올 걸 하는 후회를 잠시 했다가, 여기서는 신분증 없이는 비슷한 싸구려 담배 하나 못 산다는 사실에 내적 비명을 질렀다. 베이에게 홍연자는 '언젠가 만날 사이' 정도로 약한 무게를 지녔다. 어쩔 수 없었다. 관측자의 홍연자는 수십, 수백 명도 넘으니.

륜이 다가와 바닥에 고인 피를 손가락으로 찍어 핥았다.

"과다출혈로 죽겠는데."

베이를 힐난하는 눈빛과 결정을 요구하는 눈빛이 반반 섞인 채 륜은 중얼거렸다.

"죽기 전까지 시간 없어."

베이는 머리를 감싸 쥐었다.

"뭘 어떻게 해. 돌려야지…… 얘네 만나기 전까지, 돼?"

"되지. 그런데 그 결과로 꼬이는 인과관계는 내 책임 아닌 것도 알지?"

"아. 정말 싫어."

시간을 돌리는 것은 필연적인 오류를 낳는다. 예를 들어 과거의 한 지점으로 돌아갈 때, 지구는 역회전한다. 별자리는 흐트러지고 사람들의 삶과 자전축에까지 아주 사소한 균열이 생긴다. 인과율자가 관측자와 짝을 지어 다니는 것은 어쩌면 그런 사고를 막기 위해서인지도 몰랐다. 인과율자의 장난으로 망한 우주가 없으리라고 장담할 수 없는 노릇. 베이는 입술을 일그러뜨렸다. 유리는 허깨비처럼 허청거리며 시아였던 잔재를 내려다보고 있었다. 이 세계의 나는 꽤 작군. 유리를 볼 때마다 베이는 그런 생각을 했다. 유리가 텅 빈 얼굴을 베이에게 향했다. 갓 만들어진 가면 같은 얼굴.

"내가 죽여야 한다는 게 무슨 말이야?"

"조건을 못 맞췄어. 이대로 두면 이 지구는 다른 경로로 망할 거야."

"그게 무슨 소리냐고!"

자신보다 작은 자신이 소리치는 광경을 보며 베이는 무뚝뚝하게 중얼거렸다.

"조건은 시아가 죽는 것만이 아니었어. 시아와 엮인 네가 시아를 죽여야 하는 거였어."

"뭐?"

금방이라도 자신을 공격할 것 같던 유리가 한 발자국 뒤로 물러났다. 어디서부터 이걸 설명해야 하지. 베이는 귀찮다는 눈으로 설득자, 토토를 보았다. 역중력 능력자지만 사람의 마음도 들었다 놨다 하는 능력이 뛰어나 설득자라는 별명을 지닌 나. 토토는 노골적으로 싫다는 표정을 지어 보이고는 유리에게 다가갔다.

"살아남은 우주의 우리들은 시아를 우리 손으로 죽였어. 그러니까, 시아가 스스로 죽는다면 여기는 망해. 시아 때문에 망하는 게 아니라도, 다른 운명 때문에."

유리의 얼굴이 새하얗게 질렸다. 말해 봤자 못 알아들을 것 같아서 일부러 설명하지 않았던 것도 베이의 본심이었다.

"너넨 나잖아. 너네가 죽이면……."

"그게 가능하면 우리가 이렇게 시간 낭비하며 너희를 뒤쫓았을까?"

베이는 빈정대며 유리에게 쏘아붙였다.

"시아가 죽기 전에 선택해야 돼."

자신들이 죽인 거라면 차라리 좀 덜했을지 베이는 생각했다. 다른 지구의 본인이 대적자를 죽인 사례가 있었다. 실패였다. 그 지구의 사람이 죽여야 했다. 어쩔 것인가. 속절없이 시간은 흐르고, 기온은 오르고 있고, 사람은 죽어 간다. 벌레들이 꼬여 들어 몸을 먹고 자라나면 그만큼 인과율자의 능력에 휘말리는 생명만 늘어난다.

"시간을 돌릴게. 이번에는 네가 죽여."

11

온 우주가 바라는 죽음

유리는 헉 소리를 내며 눈을 떴다. 아침 햇살이 커튼 틈새로 내리쬐었다. 스마트폰을 더듬어 시간을 보니 새벽 여섯 시였다. 꿈인가? 내 상처는? 피는? 사방을 미친 듯 두리번거렸지만 방 안은 아무 일도 없었다는 듯 평온했다. 날짜, 날짜는? 달력은 3일 전에 멈춰 있었다. 토요일.

'달력 넘기는 걸 잊었나?'

유리는 자신의 두 손을 내려다보았다. 찢기고, 긁히고, 피범벅이 되었던 손. 손은 말짱했다. 상처 하나 없었다. 유리는 천천히 일어나 침대 옆의 약봉지를 보았다. 한 달 전에 타 온 약이 바닥나 있었다. 바닥에는 약봉지를 찢다 튀어 나온 듯 분홍색 알약 하나가 굴러다녔다. 유리는 침대 아래에 주저앉아 약을 집었다.

"이거, 수면보조제……."

악몽이 유난히 심해지는 때는 렘수면을 줄이는 약을 추가로 처방받곤 했다. 그 약이 분홍색 알약이었다는 것을 유리는 기억해 냈다.

"전부 다 꿈이었나?"

바싹 마른 입안을 유리는 혀로 핥았다. 새로 받아 왔을 약이 없다. 달력은 기억하는 것보다 사흘 전에 멈춰 있다. 손은 깨끗하다. 무엇보다 버스에 일부러 두고 내린 스마트폰이 있었다. 설령 방금까지 꾸었던 꿈이 전부 예지몽이라 해도, 현실인 것보단 백 배 나았다. 유리는 무릎을 감싸 고개를 묻고 진심으로 안도했다. 눈물이 나올 것 같았다. 그러면 오늘은 병원에 가는 날이네. 약을 타 와야 하니까. 병원이 열리려면 아직 세 시간 넘게 기다려야 했다. 다시 잠들자니 두려웠고, 깨 있자니 몽롱했다.

유리는 스마트폰을 열어 연락처를 쭉 훑었다. 손시아라는 이름이 없다. 연락처도, 주고받은 연락도 없었다. 꿈이구나. 그렇게 끔찍한 꿈이라니, 이걸 의사 선생님에게 말씀을 드려야 할까? 유리는 여름 햇살을 커튼으로 가리고 다시 침대에 누웠다. 빗소리가 창가를 두드리기 시작했다. 잠은 소나기처럼 쏟아졌다. 두 시간 후, 병원에 갈 준비를 하러 일어나기 전까지 유리는 단잠을 잤다.

눈이 충혈된 것을 보고 의사가 걱정했지만, 유리는 지독한 악몽을 꾸었을 뿐이라고 대답했다. 최근의 스트레스에 대해 몇 가지 이야기를 나누고 유리는 병원을 나섰다. 우산을 챙기는 것도 잊지 않았다. 문 옆, 계단 창가에서 비 내리는 바깥 풍경을 보며 유리는 피식 웃었다. 봐. 비가 오잖아. 그건 다 꿈이야. 유리는 집에 가서 좀 더 자야겠다고 생각하며 비틀비틀 계단을 내려갔다. 건물의 좁은 입구 앞에서 우산을 펴려는 순간, 둔탁한 무언가가 등을 찔렀다. 반사적으로 돌아보니 그곳에는 절대 잊을 수 없는 얼굴이 있었다.

절대 만나고 싶지 않았던 얼굴이 있었다.

놀란 얼굴의 시아였다.

"미, 미안해! 실수로, 우산 펴려다……."

비명조차 나오지 않았다. 유리는 바깥의 비를 바라보다, 시아의 얼굴을 보다, 까무룩, 쓰러져 버렸다.

눈을 뜨니 약국 안이었다. 비를 피해 들어온 사람들과 처방전을 접수하러 온 사람들로 약국은 소란스러웠다. 시아가 머리맡에서 걱정스러운 눈길로 유리를 내려다보고 있었다. 유리는 어지러움을 참고 일어나 시아의 어깨를 잡고 흔들었다. 지르지 못했던 비명이 터져 나왔다.

"네가 왜 여기 있어! 안 돼, 안 된다고! 여기 있으면 안 돼!"

사람들의 눈길이 유리에게로 쏠렸다. 누군가 구급차를 부를 거냐고 물어보는 소리가 들렸다. 유리는 휘청이며 손을 저었다.

"죄송해요. 제가…… 안 좋은 꿈을 꿔서, 현기증이…… 났나 봐요."

쯧쯧, 혀 차는 소리가 여기저기서 들렸다. 유리의 얼굴이 빨갛게 달아올랐다. 시아 옆에 놓인 약봉지에 '손시아'라는 이름이 적혀 있었다. 어쨌든 시아긴 하구나. 그리고 살아 있구나. 유리는 안심했다.

'현실의 시아는 나를 모르는데, 내가 무슨 짓을 한 거지. 그 악몽 때문에.'

"또 쓰러질까 봐 걱정된다. 집에 엄마 계셔? 우리 집에 같이 갈래?"

시아가 물었다. 기억하는 것보다 조금 통통한 시아의 팔과 얼굴을 보며 유리는 고개를 끄덕였다. 시아는 스마트폰을 꺼내 들고 어디론가 전화를 걸었다. 짧은 통화 후 시아는 먼저 일어서 유리를 잡아 일으켰다.

"우리 엄마가 와도 된대. 버스 타고 가야 하는데, 차 탈 수 있겠어?"

"응."

다행이다. 엄마가 있구나. 그리고 오늘 비가 오는구나. 가방과 우산을 챙기던 유리는 약사에게 돈을 건네는 익숙한 뒷

모습에 다시 얼어붙었다.

진이었다.

진은 비타민을 들고 유리를 말없이 쳐다보았다. 유리는 몸이 떨려 오는 걸 느꼈다. 이건 아냐. 이건 아닐 거야. 우연히, 우연히 닮은 사람일 뿐이야. 하지만 진짜라면 어떻게 해야 할지, 유리는 오싹해졌다. 시아는 엄마와 살고 있고, 할머니가 아기보살로 모시는 아이가 아니었다. 그 말은 자신이 '대적자'나 '대리 걱정 능력자'로 불리는 것도 모르고, 그 능력을 사용할 줄조차 모를 가능성이 높았다. 이제 자신이 누구인지도 제대로 모르는 사람을 죽여야 한단 말인가. 진은 비타민을 뜯으며 유리 옆에 털썩 앉았다. 시아는 바깥을 보며 천천히 문 앞에서 우산을 펴고 있었다. 진은 비타민을 입안에 털어 넣으며 싱긋 웃었다.

"이편이 더 쉽지 않아?"

시아의 손에 이끌려 간 집은 평범한 가정집이었다. 어머니가 유리의 체온을 재 주고, 주스를 내주며 쇼파에 앉아 쉬었다 가라고 자리를 비켜 주었다. 향냄새도 나지 않았고, 시아의 방에는 하복과 동복이 옷장 안에 얌전히 자리 잡고 있었다.

"넌 학교 어디 다녀?"

시아가 물었다. 유리는 자신의 것과 똑같은 교복을 보며 중얼거렸다.

"너랑 같은 학교."

"와, 나 일 학년 삼 반인데 너는 몇 반? 아, 혹시 선배야?"

"사 반."

반조차 다르다. 어슴푸레, 유리는 류이 '꼬이는 인과관계'라는 말을 한 것을 떠올렸다. 이런 건가. 고작 사흘을 돌린다고 반이 다르고 부모가 다르고 능력조차 모르는 사람이 되나. 아니, 그 전에 이 시아가 정말로 자신이 죽여야 했던 그 시아가 맞을까? 유리는 시아의 방 안에 우두커니 서서 사방을 둘러보았다. 인과관계가 달라진다면 내가 누구를 죽일 필요도 없는 거 아닐까? 그러기엔 진이 나타난 것이 마음에 걸렸다. 시아가 부엌으로 가서 과자를 접시에 담아 왔다. 방바닥에 접시를 내려놓고 쿠키를 와작와작 씹는 시아의 모습이 유리에게는 어색했다. 한 번도 본 적이 없는 모습이었으니 그럴 만도 했다. 시아는 쿠키를 삼키더니 손등으로 입가의 부스러기를 훔치며 말했다.

"무슨 걱정 있어? 너 되게 불안해 보여. 내가 도와줄까?"

"뭘…… 어떻게?"

유리는 속으로 외쳤다. 도와주지 말라고. 도울 방법 같은 거 알고 있는 사람일 필요 없다고. 그러나 시아는 살짝 자신의 어깨와 유리의 어깨를 맞대고는, 작은 목소리로 말했다.

"이렇게 나한테 기대고 걱정을 말하면, 나는 걱정을 없애는 힘이 있거든. 농담 같지? 근데 한번 털어놓기라도 해 봐. 원래 걱정은 털어놓으면 풀리는 거래."

왈칵, 울음이 쏟아질 것 같아 유리는 눈을 꼭 감았다. 방식은 조금 다르지만 능력은 같았다. 대신 걱정해 주는 능력. 자신이 말하면 시아는 그것을 걱정하고, 그러므로 걱정은 일어나지 않는 일이 될 것이다. 유리는 울음을 참으며 속으로 말도 삼켰다. 목구멍으로 자꾸만 치받고 올라오는 말. 울음 섞인 말.

제발 너를 걱정해.

네가 죽을까 걱정해.

내가 너를 죽일까 걱정해.

제발. 제발. 제발.

희망은 없었다. 다섯은 지구에 와 있고, 유리와 시아가 접촉했다는 것을 알고 있었다. 지금 당장이라도 누군가 '너랑 엮인 애 이름'을 물어보면 손시아라는 답이 입에서 튀어나올 것이 뻔했다. 유리는 삼십 분 후 괜찮아졌다며 자신의 집으로 돌아갔다. 일부러 수면제를 빼먹고, 끔찍한 예지몽이 찾아오기를 바라며 잠을 청했다. 꿈속의 횡단보도에서 트럭이 제동을 걸지 못하고 미끄러지는 것을 보며, 유리는 소리 높여 웃었다. 트럭의 주변은 축축하게 젖어 있었고, 사람들은 우산을 쓰고 있었다. 유리는 잊지 않으려고 바로 스마트폰을 켜 날짜를 확인했다. 내일 일어날 일이었다.

'제발 이 지구가 망하게 내버려 둬. 너희가 사는 곳도 아니잖아.'

일요일, 사고가 일어나기 십 분 전에 유리는 이미 그 횡단보도에 서 있었다. 행여 잊을까 차종과 번호판까지 적어 둔 메모를 손에 쥐고 유리는 횡단보도를 건넜다. 이번 아니면 다음, 다음, 또 다음까지 건널 생각이었다. 세 번째 횡단보도를 건널 때 익숙한 트럭이 달려오는 것이 보였다. 트럭 운전자의 얼굴마저 똑똑히 보였다. 벌겋게 달아올라 있었다. 미끄러진 게 아닐지도 모르겠네. 무거운 차체에 들이받혀 허공에 뜨며 유리는 생각했다.

'그렇구나. 예지몽은 엮인 사람의 자세한 사정까지는 알 수 없는 거네. 원래 이 사고로 누가 죽도록 되어 있었더라?'

등부터 바닥으로 떨어지며 유리는 또 웃었다. 그 순간 길 너머를 보자, 륜이 서 있는 게 보였다. 차로가 일순간 마비되고 사람들이 몰려들었다. 구급차를 찾는 사람들 틈새로 륜이

다가왔다.

"진을 봤잖아. 시간을 돌리면 뒤틀림만 늘어날 뿐이야."

순식간에 사람들이 다시 뒷걸음질로 물러나고, 자신의 몸
이 공중으로 다시 떠오르는 것을 느끼며 유리는 웃었다.

어이가 없었다.

다시 눈을 떴다. 토요일인 것을 알았지만 유리는 병원에 가
지 않기로 했다. 병원. 병원에 가지 않으면 시아도 만나지 않
겠지. 처방받아 온 약이 다 떨어진 것을 알면서 병원에 가지
않는 것은 많은 노력이 필요했다. 온 주머니며 가방을 다 털
어 잊어 버렸던 약봉지를 찾아 냈지만 그것도 하나뿐이었다.

이번에도 비가 왔다. 유리는 일부러 우산 없이 밖에 나가
비를 맞았다. 뜨뜻미지근한 비를 맞으며 사람 없는 길로 돌아
다녔다. 온몸이 축축하게 젖어 돌아온 후에는 찬물로 샤워를
하고 방에 있는 에어컨을 틀었다. 감기에 걸리고 싶었다. 아
주 심하게. 학교에 가지 않아도 될 정도로. 하나 남은 약을 털
어 넣고 잤다.

일요일에도 찬물로 샤워를 하고 머리를 말리지 않은 채 잠
들었다. 비가 오지 않아 밖에도 나가지 않았다. 밤부터 열이
나기 시작했다. 유리는 해열제를 먹지 않았다. 그래야 내일
엄마에게 학교에 가기 힘들 정도로 열이 난다고 할 수 있을

테니까. 식은땀을 흘리며 뜬눈으로 밤을 새웠다. 잠들고 싶지 않았다. 잠들 수 없었다. 어떤 악몽이 습격할지, 그것이 예지몽일지 아닐지, 상상하기도 두려웠다. 월요일 아침이 밝았다.

"38.1도? 세상에, 김유리! 이 여름에 무슨 감기를 이렇게 심하게 걸렸어!"

꺼슬하게 마른 입술로 유리는 웃었다. 쉰 목소리로 학교에 가기 싫다고 말했다. 엄마는 혀를 차더니 학교에 전화를 해 주었다. 병원엔 안 가도 되겠냐는 말에 유리는 하루 푹 쉬고 싶다고 했다. 내일과 모레도 아파야 할까? 유리는 엄마가 준 해열제를 보며 고민했다. 아니, 학교에만 안 가면 되지 않을까? 아무 데나 돌아다닐까? 몽롱한 머리로 침대에 눕자 졸음이 밀려왔다. 아직 자면 안 되는데. 좀 더 아파야 하는데. 이른 저녁 무렵, '딩동' 초인종 소리가 들렸다. 엄마가 휴가를 내고 집에 있었는지, 문을 여는 소리가 들렸다. 곧이어 끔찍하게도, 끔찍하게도 익숙한 목소리가 들렸다.

"저, 유리랑 같은 반인 손시아라고 하는데요…… 집이 이 근처라, 유리가 결석해서 수행평가 프린트물 가지고 왔어요."

"고마워. 잠깐 들어올래? 유리가 감기가 심해서 인사는 못할 것 같은데, 주스라도 마시고 가."

하지만 유리는 이미 방문을 열어젖힌 뒤였다. 잠옷 차림으로, 그르렁거리는 목소리로 유리는 비명을 지르고 또 질렀다. 이번에는 차라리 류이 나타나 주길 빌었다. 돌려 놔, 제발. 나는 저 애를 죽일 수 없어. 너희도 알잖아. 제발 돌려 놔.

"저리 가아아아아아아!"

집 안 모든 사물들이 휘청이며 옆으로 누웠다. 가물거리는 시야 끝에 엄마와 시아의 놀란 표정이 보였다. 기절이구나. 그래, 기절이 나아. 어떻게 해야 할지 모르겠어. 그러나 눈을 뜨니 밤이었다. 방으로 들어온 엄마는 아까 대체 왜 그랬냐며 유리에게 타박을 주었다.

"애가 놀라서 굳었잖아. 같은 반이고 집도 근처라며, 손님에게 무슨 짓이야."

"몰라……."

"해열제는 먹었어? 우울증 약은? 약이 하나도 없잖아. 너 병원 안 갔어?"

"몰라…… 나 좀 내버려 둬."

"내일은 열 내리고 정신과 가서 약부터 타 와. 너 그거 없으면 잠도 잘 못 자면서. 어휴, 시아한테는 내가 전화해서 사과해 놓을게."

유리가 휘청거리며 고개를 끄덕이자 엄마가 손에 쥔 무언가를 유리에게 건네주었다.

"잠 하니까 생각나네. 시아 놀라서 갔다가 조금 전에 또 왔 거든. 이거 시아가 만든 드림캐처라고 주고 갔어. 여기에 걱 정되는 일을 이야기하면 걱정이 사라진다나. 애 손도 작아서 오밀조밀 잘도 만들었네."

붉고 푸른 실로 장식된 드림캐처가 유리의 손 위에 놓였다. 엄마는 죽 데워 놓을 테니 씻고 먹으라며 방에서 나갔다.

"붉은 실⋯⋯."

키득, 키득, 키득. 여기가 꿈속일까, 꿈 밖일까. 너무 지독 해. 꿈이라도 지독하고 현실이라도 지독해. 유리는 창문을 열 었다. 토토가 창틀 바깥에 떠 있었다.

"역중력이구나. 토토 안녕."

"도망 좀 그만 가. 륜도 화났어. 우리 중에 정신조종자가 없 어서 다행인 줄 알아."

"이런 지구 망해도 상관없어."

토토가 손을 뻗어 창문을 열고 방 안쪽으로 들어왔다. 그리 고 씩 웃으며 유리의 뺨을 가볍게 때렸다.

"너한테나 상관없겠지. 한꺼번에 확 사라지는 낭만적인 멸 망 같은 건 오지 않아. 한 명씩, 가장 취약한 계층부터 비참하 게 죽을 거야. 살고 싶어서 안간힘을 쓰다가. 마지막 인간의 존엄성을 내버려 가며. 그런 미래를 방관하긴 싫어."

다시 창밖으로 나가려는 토토의 뒷모습에 유리는 물었다.

"대체 왜 나야?"

토토가 돌아보았다.

"내가 너고, 우리가 너니까."

이제는 익숙한 일렁거림이 유리의 감각을 마비시켰다. 류이 근처에 있었구나. 토토가 뒷걸음질 치는 것을 보며 유리는 눈을 감았다.

12

멸망은 이미 다가왔는데

류은 그 후로도 열두 번 더 시간을 되감았다. 유리는 열두 번의 루프 동안 좌절을, 공포를, 슬픔을, 애틋함을 맛보았다. 그동안 유리가 읽었던 루프가 등장하는 이야기에서는 주인 공이 필사적으로 루프를 벗어날 방법을 찾았다. 그러나 유리 는 차라리 이 루프가 계속되어도 괜찮을 것 같다는 생각을 했다. 세상이 멸망하든, 멸망하지 않든 유리는 반복되는 시간 동안 천천히 무너져 갔다.

유리는 더 이상 시아와 엮이는 것을 피하지 않았다. 시아가 처한 환경은 루프마다 조금씩 달랐다. 동생이 있을 때도 있 었다. 어떤 루프에서는 오빠만 셋인 집의 막내딸이었다. 학교 앞까지 우산을 가져다주는 오빠를 보며 유리는 시아와 많이 닮았다고 생각했다. 그렇게 며칠을 보내면 어김없이 류이 찾 아와 시간을 돌렸다.

정신을 놓아 가는 것일까. 아니면 저항하기 시작한 것일까. 유리는 굳이 자신의 상태를 판단하려 들지 않았다. 그저 시아와 함께 있는 시간을 즐겼다. 이야기를 나눴다. 그러나 루프마다 한 번씩은 시아를 죽여야 한다는 생각을 할 수밖에 없었다. 류이, 베이가, 렌이, 토토가, 진이 찾아왔으니까. 시아와 경치 좋은 낭떠러지에 올라가 노을을 볼 때, 유리의 머릿속에서는 시아의 등을 밀어 버리라는 외침이 울렸다.

시아네 집에 놀러 가서 같이 쿠키를 구운 때도 있었다. 칼과 불, 물과 가스. 사람의 목숨을 앗아가기엔 충분한 도구들이 사방에 널려 있었다. 하지만 유리는 시아와 함께 반죽을 밀고 틀로 쿠키를 찍어 내 오븐에 구웠다. 집으로 돌아가는 길, 베이가 화난 얼굴로 찾아왔지만 유리는 태연히 쿠키를 내밀었다.

"먹을래?"

베이는 증오에 가까운 눈빛으로 유리를 보고 돌아갔다.

여름이었기 때문에 뜨거운 잔디밭에 파라솔을 꽂고 돗자리 위에 누워 놀기도 했다. 유리는 옆에 누워 만화책을 읽는 시아를 내려다보았다. 시아는 만화책에서 눈을 떼고 말했다.

"이상하지? 우리가 아주 오래전부터 친했던 것 같을 때가 있어."

그 말에 유리는 시아의 목을 조를 수 없었다.

그러나 유리가 외면하는 동안에도 세계는 확실하게 미쳐

갔다. 시간을 돌리고 달과 별의 위치가 바뀔 때마다. 몇백 광년 밖에서 날아오던 빛이 며칠의 길을 되돌아갈 때마다. 베이가 뺨을 때리고 간 이후에는 륜이 찾아왔다.

륜은 한 번 시간을 돌릴 때마다 세계가 정상이 아니게 되었다는 것을 알려주는 프린트물을 유리에게 보여 주었다. 화장터 안에서 수 구의 시체가 일어나 문을 두드렸다. 가드레일을 들이받은 운전자는 "사람을 다섯 번이나 치었다"며 다른 나라에 사는 어떤 사람의 이름, 외모, 신체 특징을 정확하게 묘사했다. 밤마다 유령 목격담이 늘어났다. 죽은 자들이 갈 곳으로 가지 못해 살지도 죽지도 못한 채 거리를 배회했다. 학교에서는 다섯 아이가 동시에 손가락이 잘리는 꿈을 꿨다. 폭격에서 간신히 살아남은 아이가 "나는 죽은 사람이다"라며 계속 마을이 불타는 그림을 그렸다. 죽은 형제자매와 조우한 사람들은 서로를 어색하게 쳐다봤다. 살아날 수 있던 사람이 죽고 죽을 수 있던 사람이 살아났다. 유리는 그래서 어쩌라는 거냐며 피식 웃었지만 륜은 물러서지 않았다.

"너와 먼 곳에서 일어나는 뒤틀림이, 너와 시아에게 닥치지 않으리라는 법도 없어."

아.

유리는 그 순간, 길고 긴 여름방학 같던 휴식이 끝났다는 것을 알아차렸다.

시아를 보호하기 위해 내동댕이친 시간들이 돌아갈 때마다 세상을 좀먹는다면, 언젠가 그 좀먹은 부분은 시아가 될 수도 있었다.

"세상은 이미 멸망한 게 아닐까?"

휴식을 끝내겠다고 생각한 날, 한밤중 아파트 옥상에서 베이와 마주한 유리가 물었다. 이제 어디까지가 꿈이고 어디까지가 현실인지 유리도 확신할 수 없었다. 베이는 고개를 가로젓고 아파트 아래를 내려다보라고 했다. 그곳에는 놀이터가 있었다. 노을이 지고 놀이터에 깐 바닥의 열기가 식으면 아이들이 집에서 뛰쳐나와 놀았다. 열 시가 되면 놀이터를 폐쇄하지만 아직은 아홉 시도 되지 않았기에 아이들은 즐거웠다.

"저 애들 나이 때는 죽음이 뭔지도 잘 몰라."

"그래?"

"당연히 자신이 어른이 될 거라고 생각하지."

"그래."

"네가 이대로 뒷걸음질만 치면 저 아이들은 어른이 될 수 없어."

"그래."

유리는 까르륵대며 뛰어다니는 아이들을 보았다. 시간을 또 되돌리면 저 아이들의 인과관계도 일그러지겠지. 살 아이가 죽을 수도 있겠지. 죽을 아이가 살 수도 있겠지. 지금 놀이터엔 다섯 명이 있지. 시간을 또 돌리면 여섯 명이 될 수도 있고 아무도 없을 수도 있지. 놀이터가 사라져 버릴 수도 있지.

"너네 지구에서 가져온 독 같은 거 없어?"

우는 듯 웃으며 유리가 물었다.

베이는 고개를 저었다.

"반입금지 품목이야."

"별거 없네. 평행지구 여행도."

베이가 흐리게 웃었다. 어둠 속에서 네 사람이 차례로 나타났다.

"그래. 우리가 가지고 다닐 수 있는 건 약간의 돈밖에 없어. 그리고 지식이 있지."

"네 피는 뭐로 되어 있어?"

베이가 뜻밖의 질문이라는 듯이 눈썹을 꿈틀대더니 대답했다.

"너네 피랑 똑같아. 여기로 온 이상 여기와 똑같은 몸으로 오니까."

"외계인의 피면 독이 될까 생각했는데."

208

"독살로 마음을 굳힌 거야?"

장난스러운 베이의 질문에 유리는 고개를 저었다.

"몰라."

베이가 머리카락을 쓸어넘겼다.

"우리 한 달도 넘게 같이 지냈어. 이러다 정들겠다."

"내가 시아를 죽이면, 나는 살인자가 되는 거야?"

유리의 질문에 렌이 음울한 목소리로 대답했다.

"넌 살인자가 되지 않아. 우리가 너를 어떻게든 구해 낼 테
니까. 사람들은 빨리 잊을 거야. 이 지구에선 시아가 그렇게
특별한 존재도 아니었잖아. 모두가 대적자는 처음부터 없었
던 것처럼 살아갈 거야. 물론…… 시간을 여러 번 돌리느라
망가진 흔적은 고쳐지지 않지만."

"하지만 나는 시아를 죽인 걸 잊을 수 없잖아."

유리가 말했다.

"내가 누군가를 죽인 것마저 잊을 수 있다면, 너네가 이렇
게 나를 찾아올 리가 없지."

"정답."

유리는 바닥에 주저앉았다. 아직 열기가 식지 않아 뜨거웠
지만 다리가 아픈 것보단 견딜 만했다. 유리의 주위로 둥그렇
게 다섯 명이 둘러섰다.

"잊을 수는 없겠지만, 너를 다른 우주로 옮겨 줄 수는 있을 지도 몰라. 평행우주를 받아들이지 않는 사회에서 일어난 일 이니 봐주지 않으려나."

"그래."

"우리랑 같이 다닐 수도 있고."

유리는 고개를 들어 자신을 내려다보는 다섯 명의 얼굴을 보았다. 모두 다르다. 그런데도 모두 자신이었다. 더 이상 도 망칠 힘조차 없었다. 유리가 고개를 들어 하늘을 바라보고 말 했다.

"이제부터 시아네 집에 갈 거야."

다섯은 아무 대답도 하지 않았다. 유리는 말을 이었다.

"처음으로 돌아가자. 학교로 갈게. 그때 그 자리라면 나도 이제 포기할 수 있을지도 몰라."

가장 처음 시아를 살리겠다고 무작정 달리고 숨었던 그 코 스를 따른다면, 이 기나긴 붉은 실타래도 더 이상 꼬이지 않 을지도 모르겠다고 유리는 생각했다. 그때 유리가 낭떠러지 에서 실수로라도 시아를 놓쳤다면 여기까지 올 필요도 없었 다. 끝나지 않을 것처럼 막막한 더위를 견딜 필요도 없었다. 쓸데없을 만큼 깊은 정을 시아에게 줄 필요도 없었다.

"이번엔 애들 손가락 같은 거 자르지 마. 그냥 말로 해."

유리는 베이의 어깨를 툭, 치고는 옥상 계단을 천천히 내려
갔다.

"시아, 갑자기 나 안 올까 봐 걱정되겠네."

유리는 옷을 갈아입고 회중전등을 챙겼다. 운동화 끈을 단
단히 졸라매고 시아의 집으로 향했다. 시아네 집 근처에서 토
토가 팔짱을 끼고 기다리고 있었다.

"아무래도 불안해서."

유리가 하, 웃었다.

"내가 나를 못 믿네."

그래서 생긴 악연이었다. 붉은 실이 아니라 피로 물든 생살
로 만든 가죽끈이었다. 끊어 내려 당길 때마다 피가 흘러 딱
지로 앉아 두꺼워지는 올가미였다.

"이따 봐."

13

너를 혼자 두지 않아

유리는 시아네 집의 초인종을 눌렀다. 이번 시아는 처음과 크게 다르지 않았다. 사람들의 걱정을 대신 지고 가는 아기 보살이었다. 반바지에 슬리퍼 차림으로 나온 시아의 표정이 딱딱하게 굳어 있었다. 유리는 저런 표정은 처음 본다고 생각했다.

"시아야."

유리가 불렀지만, 시아는 문고리를 잡은 손을 놓지 않았다.

"너는 한 번도 내 앞에서 겁에 질린 적이 없더라."

시아가 고개를 끄덕였다. 센서등이 고장 났는지 어두운 현관 앞에서, 시아가 작은 성냥불처럼 발갛게 웃었다.

"내가 걱정하는 일은 일어나지 않아. 하지만 나도 걱정이 아닌 생각도 하곤 해. 학교에서 네가 내 이름을 불렀을 때부터 생각했어. 쟤는 왜 저렇게 어릴 적 헤어진 친구를 찾은 듯 나를 볼까. 왜 계속 내 행동 하나하나에 눈길을 줄까. 왜 아무렇지도 않게 이런저런 일이 일어나는 걸 맞힐까. 이제 좀 알

214

것 같아. 우리, 혹시 꽤 예전부터 알던 사이야?"

유리가 마주 보고 웃었다.

"그래. 그렇게 되어 버렸어."

시아가 유리의 차림을 보고 입술을 깨물었다. 가볍게 친구네 집에 놀러 가는 차림은 아니었다. 당장 어딘가로 피해야 한다면, 달려가야 한다면 적절할 차림이었다. 시아는 슬리퍼를 신은 자신의 발을 내려다보다가 물었다.

"나 죽이러 온 거야?"

"걱정돼?"

유리는 제발 시아가 걱정을 해 줬으면 좋겠다고 생각했다. 빌고 또 빌었다. 걱정하는 일은 일어나지 않으니까. 그러면 시아는 안 죽을 테니까. 아무리 깊게 찔러도, 아무리 정확히 베어도. 시아의 목소리가 갈라졌다.

"네가 걱정돼."

"나는 괜찮아."

유리가 손을 내밀었다. 시아가 잠시 그 손을 잡았다가, 집 안으로 들어갔다. 할머니의 목소리와 시아의 대답 소리가 들렸다. 시아는 얇은 점퍼를 걸치고, 두껍지 않은 긴 양말을 신었다. 할머니가 현관까지 나와 두 아이를 보았다.

"아가야."

유리는 자신을 부르는 할머니의 얼굴을 빤히 보았다. 할머니는 큰 숨을 내쉬며 말했다.

"네 옆에 계신 분, 오래 계실 분은 아니라는 건 알았지. 이제 네 어깨에 걱정이 없으니, 그 걱정을 보살님이 지고 가시는구나."

할머니는 시아를 보고 깊게 숙여 합장했다.

"연이 깊었습니다. 아기보살님. 안녕히 가십시오."

시아도 마주 합장했다.

"고마웠어요."

둘은 학교로 갔다. 의식을 치르듯 배전반을 내렸다 올리고, 3층의 왼쪽 끝 교실로 들어가 숨었다. 렌이 밖에 남아 침묵을 지켰다. 십이 분이 지나자 렌은 자신이 루프 안에서 겪었던 일들을 말하기 시작했다. 어딘가 한 곳이 썩어 들어가는 세계라 해도, 가끔씩 멋대로 굴 수 있었던 것만은 즐거웠다고. 루프 안의 세계는 판단자인 자신조차 옳다, 틀리다를 정할 수 없는 세계였다고 렌은 웃으며 말했다. 어차피 사라질 시간, 옳고 틀린 것이 무엇이 중요할까. 그래서 오늘 옥상에서 유리의 말이 '옳다'는 걸 확신한 순간, 자신도 이 길고도 짧은 여행에 종지부를 찍는구나 확신했다고.

베이와 나머지는 어딜 헤매다 왔는지 또 정확히 그때와 같은 시간에 도착했다. 소리를 지르는 대신 문을 노크했다.

"먼저 간다."

륜이 문을 열 수 없으므로 유리가 안에서 문을 열었다. 시아가 스마트폰으로 뭔가 보며 낄낄대다가 륜을 보고 표정을 굳혔다.

"유리랑 똑같아."

"맞아."

륜은 그 말만 남기고 계단을 내려갔다.

둘은 천천히 산을 올랐다. 회중전등으로 발밑을 비추며 천천히 걸었다. 이쪽저쪽에서 흥얼거리는 소리와 작은 비명, 투덜거리는 소리가 들렸다. 다섯이 둘을 둥글게 둘러싸고 낭떠러지로 몰아가고 있었다. 낭떠러지에 거의 다 도착했을 때, 시아가 유리의 어깨를 그러잡았다. 손이 떨리고 있었다.

"정말로 때가 된 거 같아. 나 죽기 싫어. 안 죽을까 봐 걱정돼. 무서워. 처음으로."

유리는 뒤돌아보지 않고 말했다.

"미안해."

유리는 시아에게 너무 많은 것이 미안했다. 어느 루프 어느 순간엔 네가 죽고 싶다고 바란 적이 있을지도 모르는데. 덜 아프고 덜 괴로운 방법이 있을지도 모르는데. 모든 걸 외면하고 도망치기만 해서 미안했다.

"이번엔 실수 안 할게. 내 몸 놓지 마."

유리는 시아와 껴안고 등에 단단히 깍지를 꼈다.

"가자."

유리는 속으로만 덧붙였다. 우주가 더 이상 출렁이지 않는 곳으로. 우리가 더 이상 도망치지 않아도 되는 곳으로. 너의 멸망으로.

떨어지며 유리는 생각했다. 시아야. 어쩌면. 어쩌면 말야. 내가 기억하지 못하는 예지몽이 있지 않을까? 우리가 살아남는 그런 예지몽을 내가 꾼 적이 있지 않을까?

둘의 몸이 허공에 멈췄다. 토토가 잔뜩 긴장하고 있는 것이 느껴졌다. 유리는 희미하게 웃으며 안고 있던 시아의 몸을 아래로 밀었다.

하나. 둘. 셋.

시아의 껴안고 있던 손이 끊어지듯 풀렸다.

실처럼.

전삼혜 작가는 어떻게 이렇게 십 대의 영혼 한가운데에서 이야기를 그려 내는가. 그의 소설 속 주인공들은 아무도 알아주지 않지만, 세상 전체를 등에 짊어지고 산다. 상처받고 아프지만 친구를 구하기 위해, 세계를 구하기 위해 쉼 없이 뛰어다닌다. 어른의 눈으로 내려다보며 손가락질하지도 않고 바닥에 드러누워 울며 투정하지도 않는다. 어른이 된 아이의 마음으로 주위의 친구들을 그저 끌어안는다. 왜 이 작가가 청소년에게 그토록 사랑받는지 새삼 또 깨닫는다. 그렇기에 그는 십 대 시절에 위로받지 못한 어른의 마음까지 같이 위로해준다.

'나', 그리고 나와 붉은 실의 인연으로 이어진 시아는, 특별한 힘이 있지만 그렇기에 이해받지 못하고 소외된다. 시아는 일어나지도 않을 일을 쓸데없이 걱정하는 아이 취급을 받지만, 실은 걱정으로 그 일을 일어나지 않게 하며 남들을 돕고 있다. 하지만 세상 전체를 구하려면 그의 희생이 필요하고,

나는 그 일을 감당해야만 한다.

　아무도 겪지 않았으면 싶은 잔혹한 이야기가 펼쳐지는데도, 마치 누구나 어렸을 적에 다 겪었을 아픔처럼 느껴진다. 온갖 환상적인 세계를 넘나들며 초능력 대결을 펼치는데도, 어째서인지 지금 어디선가 아이들이 겪고 있을 이야기처럼 느껴진다. 전삼혜 작가의 신비로운 힘이다. 하나의 붉고 짙은 인연은 여러 세계에서 다채로운 사랑으로 전개되고, 그 다양한 가능성의 우주는 하나하나가 빛나는 단편이기도 하다.

　책을 덮으며, 우리가 지금 만나는 인연들을, 그들과의 여러 다른 세계에서의 색다른 삶을 상상한다. 우리가 모르는 곳에서 우리를 돕고 지켜 주고, 구원해 주는, 작은 신과도 같은 강한 사람들을.

김보영 소설가

제 책이고 제가 만든 이야기지만, 싱어송라이터 안예은 님의 노래 이야기를 해야겠습니다. 〈창귀〉 공식 뮤직비디오를 유튜브에서 처음 보고 나서, 찾아보고 또 찾아보다 저는 〈난파〉라는 곡까지 흘러갔습니다. 마침 '평행우주라 해도 모두 똑같이 존재하진 않겠지. 오히려 같으면 이상하겠지'라는 생각을 하며 듣다가 그야말로 '속절없이 망해가는' 세상에 주저앉아 깔깔 웃으며 통곡하는 유리를 만났습니다. 〈홍연〉을 들으니 유리는 시아와 '붉은 실'로 이어졌고요. 그리고 여러 우주에서 자신의 시아를 놓아 버리고 후회하는, 그런데 다른 내가 시아와 행복해지는 것조차도 용납 못 하는, 마음이 텅 빈 아이들의 이야기가 만들어졌습니다. 붉은 실이되 가윗날로 끊길 실이 아니라 길고 질기게 서로의 살점을 이어 만든 가죽끈의 이야기가 올 동안, 계속 《섬으로》를 들었습니다. 유튜브에 단편 하나는 뚝딱 쓰겠다고 너스레 댓글을 남긴 뒤, 500매 가까이 되는 이야기가 태어날 줄은 저도 몰랐지만요.

마음을 사로잡은 노래들에 이야기를 붙여, 함부로 책이라는 신전 하나를 세웠습니다. 언젠가 안예은 님에게 이 책이 닿기를 간절히 바라며. 존경의 마음을 바칩니다.

거친 이야기를 곱게 다듬어 주신 퍼플레인 편집부와 기회를 만들어 주신 그린북 에이전시, 추천사를 써 주신 김보영 작가님. 그리고 이 이야기를 읽고, 〈홍연〉과 〈난파〉를 처음 듣거나 문득 떠올리실 당신에게 감사합니다.

2022년 1월
전삼혜

퍼플레터 구독 신청 링크
퍼플레터는 퍼플레인의 뉴스레터 서비스입니다.

붉은 실 끝의 아이들

초판 1쇄 발행 2022년 1월 24일
초판 4쇄 발행 2023년 9월 25일

지은이 전삼혜

펴낸이 박선경
기획·편집 이유나, 지혜빈, 김선우
마케팅 박언경, 황예린
디자인 studio forb
제작 디자인원(031-941-0991)

펴낸곳 도서출판 갈매나무
출판등록 2006년 7월 27일 제395-2006-000092호
주소 경기도 고양시 일산동구 호수로 358-39 (백석동, 동문타워 I) 808호
전화 (031)967-5596
팩스 (031)967-5597
블로그 blog.naver.com/kevinmanse
이메일 kevinmanse@naver.com
인스타그램 www.instagram.com/purplerain.pub

ISBN 979-11-91842-12-8 (03810)
값 13,000원

'퍼플레인'은 도서출판 갈매나무의 장르소설 전문 브랜드입니다.
배본, 판매 등 관련 업무는 도서출판 갈매나무에서 관리합니다.

* 잘못된 책은 구입하신 서점에서 바꾸어드립니다.
* 본서의 반품 기한은 2027년 1월 25일까지입니다.